당신의 어깨

당신의 어깨

강춘화 수필집

學而思 학이사

책을 내며

기쁘고 떨립니다.

수필이 뭔지도 모르면서 대구대학교 수필창작 교실에 발을 디뎠습니다.

수필의 강은 멀고 아득했습니다. 감히 그 강을 건널 생각도 못한채 손만 적시고 있을 때 小珍 박기옥 선생님을 만났습니다. 선생님은 제 안에 숨어있는 꿈을 정확하게 찾아내어 수필을 통해 인생의 아름다움을 일깨워 주셨습니다. 저는 신세계를 만난 듯 설레었습니다. 쓰고, 쓰고, 또 썼습니다.

온기 있는 수필은 슬픔을 감싸줍니다. 저는 수필에서의 치유 기능을 굳게 믿게 되었습니다. 삶에 지쳐 힘들 때 수필을 통해 치유됨을 직접 체험했습니다. 소소한 일상에서 발견한 의미 있는 글을 통해 자신의 소중함과 자신감을 가져다주는 수필은 정말 나 자신뿐만 아니라 주변을 행복하게 합니다. 용광로처럼 뜨거운 열정으로 수필을 쓸 때는 세상을 다 가진 듯 행복합니다.

아직 미숙하여 수필이라 하기엔 부족하지만 한편 한편을 쓸 때마다 저의 영혼이 쑥쑥 성장함을 깨닫습니다.

막상 책을 내려고 하니 나의 부족하고 경험없음이 부끄럽고 두렵습니다. 화장기 없는 민낯으로 세상 밖에 나가는 부담도 있지만 간절히 원했던 일이기에 가슴이 설레고 마음은 용광로처럼 뜨겁습니다.

저는 참으로 운이 좋은 사람입니다. 조잡한 글을 허락해 주신 小珍 선생님께 머리 숙여 감사드립니다. 못난 후배에게 자신감을 심어 주고 격려해 주신 〈에세이 아카데미〉 선배님과 문우님들, 그리고 아낌없이 응원해 준 사랑하는 남편과 아들들에게 감사를 전합니다.

2020년 겨울
강춘화

차례

1부_ 80년만의 여행

2부_ 연지못

3부_ 당신의 어깨

4부_ 우시장 풍경

1부
80년만의 여행

마냥 건강할 것 같은데 세월이 흐르면 신체적 문제가 아니면 정신적으로 장애가 생긴다. 살아오면서 정부 시설에 몸을 맡길 날이 올 거라고 상상이나 했을까? 그러나 시대의 흐름에 따라 스스로 안식처를 찾아가는 것도 괜찮을 것 같다는 생각이 든다.

ⓒ 이영철
겨울사랑. 65.3cm x 53.2cm, Acrylic on Canvas, 2020

문자 한 통

　　　　　　　　　　머칠 전 모임에서 산행을 갔다. 주
말인데 나 혼자 가니 남편 보기에 미안했다. 함께한 사람들과
자연이 주는 아름다움을 마음껏 즐기며 정상까지 등반했다.

　어느덧 귀가할 시간이었다. 아쉬움을 뒤로하고 일행과 헤어
졌다. 버스를 기다리고 있는데 휴대폰에서 딩동, 문자 한 통이
들어왔다. 남편이다.

　"집 나간 마누라를 찾습니다. 보신 분 연락 주세요. 특이사
항, 아주 예쁨. 반하지 말고 돌려 주세요."

　나도 모르게 쿡~ 하는 웃음이 나왔다. 하루 종일 집에서 혼자
놀려니 어지간히도 지루했던 모양이다. 나는 재깍 답장을 날렸
다.

"당신 마누라 지금 공단네거리 버스정류장에 있는 거 봤습니다. 이쁘긴 좀 이쁩디다."

휴대폰을 주머니에 넣으면서 버스에 몸을 실었다.

키 작은 아이

매년 3월 신학기가 되면 초, 중, 고, 대학교까지 입학식을 한다. 어린이집과 유치원까지 개원식이 있다. 우리 집에도 작은 경사가 있다. 첫 손녀가 초등학교에 입학을 한다. 태어난 지가 엊그제 같은데 어느새 입학이라니 참 세월이 빠르다. 직장 따라 멀리서 살기에 자주 만나지는 못하지만 늘 마음으로 목소리로 사랑을 보내면서 지냈는데 벌써 학교라는 울타리 안으로 아이를 보내게 되어 가슴이 설렌다. 예쁜 가방 사 주라고 봉투 하나만 쥐어 주고 입학식에는 참석을 못했다.

손녀는 일반 학교가 아닌 대안 학교를 보낸다고 했다. 생소한 일이라 염려스러웠지만 아들 내외가 잘 생각해서 결정했으리라 믿었다. 입학식에서 찍은 사진을 보내왔다. 사진을 보면서 가슴이 짠했다. 몇 명 안 되는 입학생 가운데 중간에 서 있는 손녀의 키가 또래에 비해 작고 체격도 왜소한 편이었다.

"아빠를 닮아서 키가 작은 걸까. 그러면 안 되는데."

자꾸만 사진 속의 손녀와 옆에 서 있는 아이를 비교하며 사진을 손에서 놓지 못했다.

아들이 태어났을 때 표준이 넘는 과체중이었다. 신생아를 보는 사람들마다 건강한 아이라며 많이 클 거라고 했는데 자라면서 키는 생각보다 작았다. 건강하고 당찬 데가 있고 몸이 날렵해서 웬만한 운동은 친구들에게 지지 않았다. 초등학교 입학 통지서를 받고 보니 나도 이제 학부모가 된다 싶어 가슴이 설레었다. 초등학교 입학식 날 또래에 비해 키가 작은 아들은 맨 앞자리를 벗어나지 못했다. 식이 끝나고 교실에 들어가니 맨 앞줄에 앉은 아들을 보고 담임선생님께서 웃으면서

"키가 너무 작아 책상에 앉아서 글이나 쓰겠나 모르겠어요."

하면서 나를 쳐다봤다.

"엄마는 작은 키가 아닌데 아빠 키가 작습니까?"

갑자기 물으니 당황해서

"아닙니다, 아빠도 보통 키는 넘습니다." 라고 말했다.

그때서야 아이의 머리를 쓰다듬으며 한창 크려고 할 때 보약이라도 먹이면 좋다고 말했다. 나는 아들에게 미안한 생각이 들

었다. 나이가 지긋한 선생님이라 육아의 경험이 부족한 새댁인 줄 알고 조언을 해 준 모양이지만 그 말을 듣는 순간 속이 상했다. 시부모님 모시고 살면서 반찬 하나까지 어른들 식성에 맞게 하다 보니 아이들한테는 신경 쓸 형편이 못 되었다. 그 와중에 보약이라니 생각조차도 못 한 이야기였다.

어느 날 작은 아들이 그랬다.

"어머니 우리 어릴 때 보약 한 제만 먹였으면 키가 좀 더 컸을 텐데요."

큰아들은 비록 키는 작지만 학교생활 잘하고 말썽 한 번 안 피우고 대학까지 졸업을 했다. 그동안 키 작은 것에 대한 불만도 있을 것 같은데 내색 한 번 안 하더니 대학을 졸업하고 취업을 하고자 면접을 보려고 하니 작은 키가 신경이 쓰였던 모양이었다. 다행히 대기업 연구실에 취업이 되어 지금까지 잘 다니고 있다.

젊은 부부들은 우리와 달리 삶의 초점을 자녀들에게 맞춘다. 핵가족이라 부모와 따로 사니까 자기네들이 하고자 하면 마음껏 잘 해 먹인다. 보약도 먹이는 것 같은데 손녀는 또래에 비해 작고 약하다.

입학 전 연말에 어린이집 발표회가 있다고 초대받았다. 열심히 연습해서 재롱잔치를 하는데 손녀가 맨 앞줄에서 춤도 추고 노래도 잘 했다. 행사가 끝나고

"우리 손녀 최고다."

하면서 엄지 척을 했더니 좋아서 입꼬리가 귀에 붙는다.

"네 아빠도 어릴 때 키는 작았지만 공부도 잘하고 운동도 잘했단다. 할머니도 학교 다닐 때 키가 작아 맨 앞줄에 섰지만 달리기는 항상 일등을 했어."

하면서 자랑을 했더니

"할머니 저도 씩씩하게 잘 할 거예요."

아이의 얼굴에서 자신감이 넘쳤다. 그 이후 아들에게 해 먹이지 못했던 보약을 손녀에게 지어 먹였다. 앞으로 얼마나 클지 알 수는 없지만 아들에게 조금은 덜 미안했다.

철없을 때 결혼을 해서 아이의 양육에는 부족한 점이 많았다. 시부모님만 잘 모시면 되는 줄 알고 아이한테 소홀했던 것이 지금도 내 마음속에 후회로 남아있다. 지나고 보니 아이들한테는 부족한 점이 많은 엄마다. 자식들이 결혼을 하고 부모가 되면 나의 마음 이해해 줄까 하는 생각도 해 본다. 나처럼 살지 말고 아이들에게 마음껏 하고 싶은 대로 해 주면서 살 수 있기를 바라는 마음이다.

80년 만의 여행

'80년 만의 여행' 이라면 생경스러울 수도 있겠다. 사람이 어떻게 가족들과 여행 한번 안 하고 살아왔단 말인가? 바로 우리 형부가 그랬다. 외아들로 자라 자기 혼자 유행을 앞서가고 여유를 즐기며 살아갈 뿐 가족이나 처가 식구들과의 여행은 상상할 수가 없는 사람이었다. 지금이야 나도 나이 들고 때가 묻어 형부와 농담도 하며 편하게 지내지만 결혼 당시에는 스무 살이나 차이가 나는 어려운 사람이었다. 내가 결혼해서 가족여행을 갈 때도 언니네 식구들과 동행하는 것은 생각조차 해 본 일이 없었다. 언니네는 원래 그렇게 사는 사람이려니 했을 따름이었다. 그런 형부가 느닷없이 처가 식구들과 가족 여행을 제안했다. 동해안으로 1박 2일을 다녀오자는 것이다.

동해안은 언제 가도 좋은 여행지였다. 산 좋고 바다 좋고 날씨마저 좋았다. 형부는 마치 딴 사람이 된 것 같았다. 팔순이라는 나이를 잊은 채 아이처럼 어찌나 좋아하는지 지금까지 보아온 모습이 아니어서 슬그머니 불안하기까지 했다. 지금까지 여행 한번 안 하고 왜 그렇게 살았을까 하며 앞으로는 처가 형제들과 자주자주 다니겠다고 말했다. 나 또한 공연히 울컥하여 아직 늦지 않았으니 지금부터라도 즐겁게 여행하며 노년을 보내시라고 했더니 꼭 그렇게 하겠노라고 하며 소년처럼 눈길을 멀리 보냈다.

하룻밤도 안 잤는데 다음에는 어디가 좋을까 하며 우리의 의견을 묻기도 했다. 결혼 후 처음 있는 일이라 우리 모두는 감격해서 잠을 설치기까지 했다. 동해안 여행은 감동 그 자체였다. 지난날의 모든 아쉬움은 바다에 던져 버리고 뿌듯한 마음으로 귀가했다.

며칠 후 아침 일찍 언니로부터 전화가 왔다. 이유는 묻지 말고 지금 빨리 집으로 오라는 것이다. 불길한 예감이 들었지만 서둘렀다. 도착하니 부부는 외출 준비를 하고 있었다. 동산병원으로 가야 한다고 했다.

"어~ 왜?"

놀란 내게 언니는 며칠 전부터 형부가 감기처럼 목소리가 잠겨 동네병원을 찾았더니 큰 병원에 가 보라고 소견서를 써 주었다고 말했다. 겁도 났지만 동산병원을 찾아갈 줄을 몰라서 나를 불렀다고 했다. 순간 나는 심사가 뒤틀렸다. 살아온 세월이 얼마인데 혼자 병원도 못 찾아간단 말인가. 나이 80에 이르도록 집 안에서만 다람쥐 쳇바퀴 돌듯 살림만 해 온 언니가 한없이 초라해 보였다.

병원은 이미 예약이 되어있는 상태라 외래의사를 바로 만날 수가 있었다. 특수검사 결과 형부는 폐암으로 판정이 났다. 초기가 아닌 중증이었다. 의사는 한참을 망설이더니 어렵게 입을 열었다. 상태가 많이 안 좋아서 항암치료를 해야 하니까 입원을 하라는 것이다. 항암치료 외에는 치료 방법이 없다는 의사의 설명에도 불구하고 형부는 약으로 치료하면 안 되냐고 고집을 부렸다. 하는 수 없이 약 처방만 받아 나오다가 나 혼자 다시 의사를 찾아갔다. 형부는 현재 폐암 4기로 몸 전체로 전이되고 있는 중이라고 했다. 길면 1년 아니면 더 빨리 돌아가실 수 있으니 환자 편한 대로 해 주라고 말했다. 나는 가슴이 터질 것 같았다. 형부도 형부지만 피붙이인 언니가 눈에 밟혔다. 오직 한 사람 남편만 바라보고 살아온 사람에게 이 무슨 날벼락이란 말인가.

사람의 앞날은 아무도 모른다는 말이 옳았다. 마음이 변하면 죽는다는 말도 헛된 말이 아니구나 싶었다. 이조시대도 아닌데 부모들끼리 사돈하자 해서 맺은 인연이었다. 결혼 날짜 정해놓고 일을 도모한 시아버지는 돌아가시고 말았다. 홀시어머니 모시고 친정나들이 한번 제대로 못 하고 살아온 언니인데 남편의 병간호로 여생을 보내야 한다고 생각하니 가슴이 미어졌다.

평생토록 자신의 삶을 온전히 한 남자에게 맡기는 일이 옳은 일일까. 대기실로 나오니 형부와 언니가 기다리고 있었다. 며칠 만에 반쪽이 된 얼굴들이었다.

"왜 이렇게 늦었어? 형부 시장 하시구만."

언니가 나를 채근하고

"처제, 점심 먹으러 가자. 내가 고기 사줄게."

형부가 미안한 듯 우렁우렁 말했다.

"그러세요, 고기 먹고 기운 냅시다."

나란히 걷는 부부를 따르자니 만감이 교차했다. 생명의 끝은 어디일까. 자기밖에 모르다가 뒤늦게 철든 형부를 어찌할까. 우물가에 서 있는 언니는 또 어떻게 될까.

"처제, 우리 내년에는 말이야~"

뒤돌아보던 형부가 말을 하다 멈추었다. 갑자기 우리에게 침묵이라는 장막이 드리워졌다. 내년이라는 시간이 우리에게 허락될까. 80년 만의 여행이 이 세상에서의 마지막 여행이 되는 게 아닐까.

우리는 말없이 걷기 시작했다. 한낮의 그림자 셋이 묵묵히 우리를 따르고 있었다.

형광등을 갈며

집 안이 어둡다. 형광등을 LED로 교체한 지가 얼마 되지도 않았는데 많이 침침하다. 불을 켤 때마다 주변이 뿌옇게 가려지는 것 같아 신경이 쓰이고 생활에 불편을 느낄 정도다. 처음엔 눈이 부실 정도로 환하던 빛이 서서히 침침해지면서 주변을 어둡게 하기 때문이다. 낚시꾼의 덫인 줄도 모르고 먹이를 덥석 물었던 물고기가 낚싯바늘에서 빠져나오기 위해 온갖 발버둥을 치다가 망태기 속에서 서서히 죽어갈 때의 눈동자처럼 선명하지가 않다. 바쁘다는 핑계로 계속 미루기만 하다가 남편에게 부탁을 하니 주말에 교체하자고 한다.

주말이다. 우리는 불편한 형광등을 갈기 위해 일찍부터 서두른다. 제일 불편을 많이 느끼는 주방부터 시작해서 방으로 가는 순서이다. 나는 준비물을 들고 따라다니며 남편을 돕는다. 하나씩 교체할 때마다 집 안이 환해진다. 밝음을 보면서 전깃불이 들어오지 않았을 때의 불편함이 떠오른다.

내가 어릴 때 우리 동네는 전기가 공급되지 않아 석유를 넣고 심지에 불을 붙이는 호야등이거나 호롱불을 사용했다. 그 당시에는 전기로 인한 문화생활은 전혀 할 수가 없었다. TV는 물론이고 라디오도 듣지 못했다. 저녁만 먹으면 일찍 자고 책이라도 보려면 기름 많이 쓴다고 엄마가 야단치기도 했다. 전기 설치한다고 동네 전체가 한전에다 신청을 해 놓고 집집마다 전기 공사도 끝난 상태였다. 언제쯤 불이 켜질지 모르는 상황에서 저녁을 먹고 있는데 어느 날 갑자기 백열등과 형광등에 불이 들어온 것이다. 눈이 부셔 앞을 쳐다볼 수 없을 만큼 밝았다. 온 동네 사람들이 일제히 와아~ 하면서 기쁨과 놀라움의 함성을 질렀다. 호롱불 밑에서 저녁을 먹던 중이라 불빛이 너무 밝아 반찬 없이도 밥이 저절로 넘어갔다. 그 이후 우리는 지금까지 밝은 세상에 살면서 전기로 인한 많은 혜택을 누리면서 그때의 감동은 잊어버리고 지낸다.

집 안이 환하다. 형광등만 교체했을 뿐인데 이렇게 분위기가 달라진다. 지저분한 주변을 정리하다 보니 사람의 손으로 조금만 노력하면 이렇게 환경이 달라지는데 바쁘다는 핑계로 식구들을 불편하게 했던 일들이 미안해진다. 사람의 손에 잡힌 물고기는 서서히 빛을 잃고 인간의 일용할 양식으로 남겠지만 빛바랜 형광등은 아무것에도 쓸모가 없어 휴지통으로 들어간다.

계란 한 판

    매주 목요일 점심시간이 되면 아파트 앞마당에 낯익은 목소리가 들린다. "금방 만들어서 가져온 따끈따끈한 두부가 왔습니다. 몸에 좋은 두부가 왔습니다. 싱싱한 계란도 있습니다."라는 똑같은 멘트가 울리면 너도나도 기다렸다는 듯이 통로마다 사람들이 나온다. 국산 콩은 아니지만 두부가 구수하고 맛이 있다. 아저씨의 봉고차는 두부를 비롯해서 어묵, 칼국수, 미역, 다시마 줄기, 싱싱한 계란, 만두 등이 있는 이동식 식자재 마트다.

    혹시나 볼일이 있어 나가게 되면 친하게 지내는 지인에게 필요한 것을 부탁 해 두기도 한다. 녹음된 목소리가 스피커로 인해 울려 퍼지면 두부만큼이나 구수한 목소리다. 잠깐 머물렀다가 다른 동네로 가기 때문에 소리가 들리면 서둘러 나간다.

　동네 슈퍼에도 많은 물건들이 있지만 이동식 마트의 물건이 싱싱해서 다들 구매한다. 오늘은 계란 한 판을 사려고 나간다. 방송을 듣고 젊은 새댁이 세네 살 되어 보이는 사내아이를 데리고 와서 두부와 계란을 산다. 따라 나온 사내아이가 굳이 계란을 들고 가겠다고 떼를 쓴다. 비닐에 든 두부를 주어도 아이는 끝내 계란을 고집해서 그냥 한 판을 손에 쥐어 준다. 신나는 표정으로 뒤돌아 발을 옮기는 순간 아뿔싸, 계란 한 판이 바닥에 그냥 떨어져 버린다. 붙잡을 시간도 없이 한 판의 계란이 아파트 정문에 그림을 그렸다. 젊은 엄마는 놀라고 황당해서 아이의 엉덩이를 두들긴다. 겁에 질린 아이는 그만 "으앙" 하고 울음을 터뜨린다. 두부 아저씨도 순식간에 일어난 일이라 몹시 당황스러워한다. 난장판이 된 계란과 사내아이를 보니 지난날이 떠오른다.

　큰아들이 네 살 때이다. 슈퍼마켓이 흔하지 않을 때다. 시장에 가서 계란과 여러 가지 반찬거리를 사다 놓고 잠시 자리를 비운 사이에 일어난 일이다. 저녁 할 무렵이 되었기 때문에, TV에서는 아이들에게 인기가 많은 '꼬마 자동차 붕붕'이라는 애니메이션 만화가 방영되고 있었다. 만화 보고 있어라 하고 잠깐 자리를 비웠다 오니 TV는 켜져 있고 아이는 보이지 않았다. 놀랍기도 하고 혹시나 하는 마음에 다급하게 아이를 찾았다. 불러도 대답이 없어 나 혼자 이리저리 찾아다녔다. 잠시 뒤에 주방에서 뭔가 부르는 소리가 나서 가 보니 계란 한 판을 다 깨트려 놓고 손과 옷이 엉망이 된 채로 나를 불렀다. 반갑기도 하고 놀란 마음에 야단을 치려고 하는데 아이가 말했다.

"어머니 계란 안에서 붕붕이 안 나와~"

하면서 계란 범벅이 된 두 손을 쪼물딱거리고 섰는데 머리를 한 대 얻어맞은 기분이었다. 그 당시 계란 속에서 꼬마 자동차가 나오는 만화여서 많은 아이들이 그렇게 생각하고 있었던 모양이다. 혼자서 만화를 보다가 계란 생각이 나서 주방으로 간 것 같다. 엉망이 된 바닥과 계란으로 마사지한 아이를 보면서 할 말을 잊었다. 계란만 보면 그때의 일이 생각나는데 젊은 엄마의 심정도 충분히 이해가 되었다.

어느 날 손녀가 내게 묻는다.

"할머니, 아빠 어릴 때 계란 몇 개나 깼어요?"

"30개, 계란 한 판을 다 깼단다."

누가 그러더냐고 물으니

"아빠가 이야기해 줬어요. 우리 아빠 참 개구쟁이였지요, 할머니."

하는데 그렇다고 했다. 손녀는 아빠의 실수를 확인이라도 한 듯 씨익 웃는다. 참으로 장난꾸러기였는데 반듯하게 자라 준 아들이 고맙다.

아파트 정문에 계란으로 그림을 그린 사내아이도 어지간히 개구쟁이고 고집이 센 모양이다. 요즘 아이들은 자기밖에 모르기 때문에 젊은 엄마들이 애를 먹지만 결국은 부모들이 아이들 성격을 다 망친다는 생각을 해 본다. 새댁은 얼른 청소도구를 가져와서 치우기 시작한다. 나는 그 아이의 머리를 한번 쓰다듬어 주면서

"자~알 했다."

하고 집으로 오는데 갑자기 아들이 보고 싶다. 나도 모르게 전화번호를 눌렀는데 멀리서 들려오는 아들의 목소리 '여보세요~.'

"그래, 별일 없제? 그냥 한번 해 봤다."

호기심

감정을 가진 사람이라면 누구나 호기심은 있다. 아무것도 아닌 것에 관심을 가지고 그것이 지나치면 사고가 일어난다. 나도 어느 순간부터 새로운 일에 관심은 가졌지만 매번 포기하고 그냥 넘어갈 때가 있다.

어느 날이다. 퇴근을 하고 버스를 탔는데 우연히 뒷자리에 앉은 두 여학생들의 이야기를 듣게 되었다. 어찌나 깔깔대면서 신나게 이야기를 하는지 나도 모르게 귀를 쫑긋 세우고 들었다.

한 친구가 말한다.

"나는 이 버스 창문을 한번 깨 보고 싶어."

옆 친구가 묻는다.

"왜?"

"만약에 내가 나쁜 사람에게 납치되었을 때 그곳에서 빠져 나가야 하는데 어떻게 하면 될까 생각해 보다가 창문을 깨면 되지 않을까 싶어서."

"창문이 없으면 어떻게 해?"라고 묻자 친구가 약간 주춤한다.

"그래도 한번 깨 보고 싶어, 내 힘이 얼마나 센지도 궁금하고."라며 화제를 바꾼다.

남의 이야기를 엿듣는 게 나쁜 줄은 알지만 납치라는 무서운 얘기를 하면서 어찌나 신나게 재미있게 하는지 나도 모르게 귀를 쫑긋 세웠다. 아직 일어나지도 않은 일을 미리 염려하고 걱정하며 친구와 주고받는 그 세대를 보면서 마음 한편에 안타까운 생각이 든다. 매스컴이나 실제적으로 이슈가 되는 사건 사고가 거의 유괴나 납치 사건이 많다 보니 일어나지도 않은 일에 대해 불안하고 어떻게 대처해야 할까를 생각하는 모양이다. 한편으로는 슬픈 현실이다. 여학생들이 학교 공부에 전념하고 건전한 대화를 나누어야 할 시기임에도 내게 닥쳐올 위기상황을 어떻게 모면할까를 걱정하고 있으니, 그 잘못이 누구에게 있을까?라는 의문을 갖게 한다.

주변을 돌아보면 산과 들에는 새싹으로 나무들이 아름답게 물들어 가는데 감정의 동물인 사람들에겐 점점 삭막해져 가는 시대가 되어 가고 있다. 꿈을 키워야 하는 아이들에게 어른들이 무엇을 해 주어야 할까? 갑자기 머리가 복잡해지면서 여학생들의 이야기를 한 번 더 떠올려 본다. 믿음과 신뢰를 주면서 밝고 아름답게 자랄 수 있도록 해야 함이 아닐까. 어른을 대표해서 내가 사과라도 하고 싶은 충동이 일어날 정도로 생각이 복잡했다.

목적지에 도착해서 내리기 전에 한번 그들을 쳐다본다. 깔깔대는 친구들의 표정이 그나마 밝아 보여서 좋았다. 이야기를 들을 때는 호기심이 많다고만 생각했는데 마음이 편하지는 않다. 그 아이들이 공부에만 전념할 수 있는 밝은 시대가 오기를 바랄 뿐이다.

촌사람

　　　　　　　　　나는 촌사람이다. 시골에서 태어나 시골에서 자라온 촌사람이다. 성인이 되어 도시에서 살기는 했어도 환경에 익숙하지 못해 여전히 촌스러움을 벗어나지 못한다.

　총회를 앞두고 장소 문제로 임원들끼리 모였다. 차를 한잔하려고 카페로 갔는데 회계인 내가 주문을 하게 되었다. 카운터로 가니 직접 돈을 받지 않고 자동판매기에서 주문을 하라고 했다. 아이고 어쩌나 난감했다. 자동판매기 주문을 해 보지 않아서 기계만 쳐다보며 망설이고 있었다. 기다리다 못해 총무가 왔다. 주문 안 하고 뭐 하느냐는 말에 한 번도 안 해봐서 못 한다고 하니까 '회계님은 똑똑해서 못하는 게 없는 줄 알았다' 며 놀렸다.

나는 촌사람이라 할 줄 모른다고 했다. 괜히 미안하기도 하고 은근히 속도 상했다. 그 후 혼자 카페에 들러 주문도 해 보았지만 서툴기는 마찬가지다.

호텔 뷔페 식사권을 휴지로 만들어 버린 적이 있다. 큰아이가 태어나고 얼마 안 되어 남편이 영업용 택시 일을 잠깐 한 적이 있었다. 그 당시 라디오 방송 중에 푸른 신호등이라는 프로가 있었다. 아침 출근시간에 하는 방송이다. 교통방송이나 마찬가지라 운전하는 사람들이 즐겨 듣는 방송이기도 했다.

마침 편지쓰기 공모전이 있어서 운전하는 남편에게 편지를 써서 방송국에 보냈는데 내 편지가 채택이 되어 전국으로 공개방송이 되었다. 진행자가 읽어 주었기 때문에 몇몇 지인들이 듣고 연락이 왔다. 한 사람은 출근길 신호대기 중인데 방송이 나와서 듣느라고 신호가 바뀌어도 출발을 안 해서 뒤차들이 경적을 울리는 소동이 났다고 했다. 부러움과 놀림으로, 만날 때마다 이야기를 꺼냈다. 다른 한 사람은 택시기사였는데 방송을 듣다가 목적지에 손님을 내려주지 않고 계속 달려서 요금을 못 받았다는 말을 전했다.

편지가 채택되면 상품으로 호텔 뷔페 식사권을 주었다. 유효기간은 일 년이다. 호텔 뷔페는 나 같은 촌사람은 한 번도 구경하지 못한 음식문화다. 이런저런 이유로 미루다 보니 유효기간이 지났다. 아깝지만 구경도 못 해보고 휴지통으로 들어가 버렸다. 음식문화가 변함에 따라 일반 뷔페가 생기고 가끔 접할 수 있는 기회가 있다. 요즘 같으면 자연스럽게 여유를 즐기며 먹었을 텐데, 최고급 상품이지만 내게는 맞지 않는 그림의 떡이었다. 이런 사실도 모르는 지인들은 편지 받은 남편을 엄청 부러워했다.

가끔 옛날 생각을 하며 편지 이야기를 한다. 내게는 아직도 익숙하지 않은 문화가 많다. 그래서 쉽게 나서지 않는다. 카페에서는 주문도 제대로 못 했는데 나보고 못하는 게 없이 다 잘한다고 했을 때 부끄럽고 속상했다. 행사가 있어 뷔페에 들르면 휴지가 된 상품권이 생각난다. 이제는 웃으며 이야기하지만 그때는 내 마음속에 꼭꼭 숨겨둔 촌사람의 비밀이었다.

집밥

    평일 저녁 모임을 갖는다. 중요한 모임이고 사람 수도 많아 주말에는 장소 정하기가 어렵다고 한다. 한 해의 시작과 마무리할 때, 공식적으로 두 번 모인다. 아침부터 비가 내린다. 먼 거리를 가야 하는데 약간의 망설임이 발목을 잡는다. 참석한다는 약속을 했기에 집을 나선다. 평일이라 조용하리라 했던 나의 생각은 빗나갔다. 많은 차들로 주차장이 복잡하다.

    예약된 방으로 안내된다. 깔끔하게 준비된 것을 보면서 참석하길 잘 했다는 생각을 한다. 음식이 하나 둘 들어오기 시작한다. 밥도 식탁에서 바로 짓고 찌개도 즉석에서 끓인다. 준비되는 동안 초대하신 분이 오늘의 메뉴와 식사 후 있을 일정에 대해 잠깐 이야기한다.

여러 가지 상차림 이름이 있는데 우리가 먹을 음식은 일품상이라 한다. 기본반찬은 차려져 있지만 중요한 메뉴는 아직 나오지 않은 상태라 기대하며 입구만 쳐다본다. 돌솥 밥이 다 되어가고 찌개가 끓을 때 더덕구이와 쇠고기가 들어간 더덕요리가 모습을 드러낸다. 일품상의 음식을 먹으며 다른 또 한 상을 떠올려본다.

새해 신년교례로 존경하는 선생님의 댁으로 식사 초대를 받았다. 황송한 자리지만 감사한 마음으로 참석했다. 선생님은 평소 모습도 우아하고 품위가 있지만 집 안의 가구 하나하나가 고풍스러우면서 깔끔하게 정돈되어 있어 놀랐다. 음식이 준비되고 상이 차려진다. 그릇에 담긴 음식은 정갈하면서 모양도 눈길을 끌었다.

요즘은 밖에서 편하게 먹기를 좋아하는데 선생님은 직접 음식을 만드시고 초대까지 해서 대접한다. 그 마음에 모두들 놀라움을 금치 못했다. 그분의 살림 비법이 궁금하기까지 했다. 집밥이라 하기는 너무 진수성찬이었다. 탕요리, 불고기, 편육, 통닭, 여러 가지 부침개, 새해라 강정과 떡, 과일까지 상 위에는 자리가 부족할 만큼 푸짐한 음식이 차려졌다. 함께한 분들과 음식을 먹으며 모두들 상차림에 감탄했고 고급 식당의 일품상과는 비교가 안 되는 황제상차림이라고 놀라워했다. 귀한 분들과 유익한 시간을 보내고 늦은 시간이었지만 돌아오는 발걸음은 행복했다. 집밥이 이렇게 사람의 마음을 편안하게 해 주는구나 생각하니 음식도 그분의 인격임을 깨달았다.

오늘 자리는 중요한 모임인 만큼 식당에서도 엄숙하다. 차려진 음식을 먹긴 하지만 손놀림을 볼 때 불편한 자리임은 어쩔 수 없다. 옛날 부모님 시절엔 먹을 것이 없어서 고구마와 감자로 배를 채우고 손님이 와도 쌀이 없어 보리쌀로 밥을 지어 대접했다는데 이렇게 좋은 음식 앞에서 마음이 편치 않음은 무슨 연유일까. 집에서 차려주는 정성이 깃든 밥이 얼마나 소중한지를 마음에 담고 자리를 뜬다.

버스 안에서

　주변이 캄캄하다. 서둘러 집으로 향한다. 늦은 밤 버스를 타고 시골길을 달리다 보면 눈앞에 보이는 불빛은 그다지 많지가 않다. 순간 나는 무서운 생각이 든다. 이렇게 어두운 낯선 동네에서 길을 잃으면 어떻게 될까? 두렵고 무서운 상상을 할 때가 종종 있다.

　하루 종일 일을 하고 지친 몸으로 버스에 오른다. 다행히 자리를 잡고 앉으면 위아래 누가 먼저랄 것도 없이 눈을 감고 의자에 몸을 맡긴다. 얼마나 지났을까? 깜짝 놀라 눈을 떠 보니 거의 다 내리고 차 안에는 서너 명밖에 없는데 그 중에 중학생으로 보이는 단발머리 학생이 내 앞자리에서 꼬박꼬박 졸고 있다. 그 아이는 무엇을 했기에 버스 안에서 졸고 있는지, 공부한다고 힘이 들었는지, 나도 모르게 궁금해하면서 차창 넘어 불빛이 많지 않은 동네들을 보고 있다.

내가 내려야 하는 곳은 종점에 가까운 곳이기 때문에 맘 편히 잘 때도 있다. 앞 좌석의 여학생은 어디서 탔는지 어디까지 가는지 알 수도 없지만 졸고 있기에 물어볼 수도 없어 멍하니 있는데 잠에서 깬 학생이 화들짝 놀라면서 나를 보고 급하게 묻는다.

"북구청은 아직 멀었어요?"

생뚱맞은 질문에 나는 심장이 급정지하는 느낌이다. 아주 짧은 시간이었지만 학생 역시 숨이 멎는 심정이었는지도 모른다.

"이 차는 그쪽으로 가는 게 아니고 반대편으로 가는데." 하는 순간 학생은 닭똥 같은 눈물을 두 손으로 훔치고 어떡해를 반복하며 겁에 질린 듯 주변을 두리번거린다. 나는 침착하게 집이 어디며, 어디서 탔느냐고 물었다. 방촌에서 탔으며 표지판에 북구청이라 쓰여 있어서 물어보지도 않고 탔다는 것이다. 학생이 탄 버스 노선은 맞다. 하지만 북구청은 반대편에서 타야 하는데 잘못 탄 것이다. 캄캄한 밤에 혼자 내려서 갈아타라고 하니 무서워서 못 간다며 울기만 한다.

나 혼자 낯선 곳에서 길을 잃었을 때를 상상하며 두려움에 떨었던 일이 학생으로 인해 현실로 나타나고 있다. 현재 아이의 상태로는 혼자 보낼 수가 없어 같이 버스에서 내린다. 반대편

정류장으로 가면서 내가 태워 줄 테니 걱정 말라 안심시키고 어디 다녀오느냐고 물으니 외할머니 댁에 갔다가 오는 길이라 한다. 잠시 후 버스가 온다. 엄마가 딸에게 당부하듯 이 차를 타면 한참을 가야 하니 졸면 안 된다고 몇 번이나 다짐한다. 아이는 고맙다는 인사를 하고, 버스에 오르며 뒤돌아보는데 안도의 미소를 띤 듯하다. 버스가 출발하는 것을 보고 집으로 가기 위해 횡단보도 앞에 선다.

놀라서 당황하는 아이를 보면서 그것이 내가 상상했던 모습이라 생각했다. 그냥 보낼 수가 없어서 함께 동행하고 무사히 귀가할 수 있도록 안전하게 버스는 태웠지만 집까지 잘 도착했는지는 알 수가 없다. 잠깐 실수로 늦은 밤 낯선 동네에서 시간을 낭비하고 짧은 시간이었지만 얼마나 무서웠을까 생각하니 한참 동안 그 아이의 모습이 잊히지 않는다.

나들이

　　　　　　　　모처럼 단비가 내려 도로뿐 아니라
마음까지도 촉촉하다. 겨울 날씨답지 않게 푸근하다. 여행을 목
적으로 모임을 갖는 네 명이 갑자기 국내 나들이 모임을 갖는
다. 영덕 대게가 제철이니 먹으러 가자는 것이다. 한 사람도 싫
다는 이 없어 다음 날 아침 일찍 동해안을 벗 삼아 신나게 달린
다. 오랜만의 나들이라 모두 신이 났다. 이번에도 갑자기 가게
된 것이다. 모두 직장인이라 시간 내기가 쉽지 않은데 공휴일을
유용하게 활용하는 괜찮은 친구들이다. 도착하니 점심때가 되
었다. 목적지에는 주차할 공간조차 없을 만큼 관광객들로 붐빈
다.
　목적지에 도착한 우리는 축산 시장을 한 바퀴 돌면서 싱싱한

대게를 고른다. 얼마 전 포항 지진으로 손님의 왕래가 적어 상인들이 경제적인 어려움을 호소하며 호객 행위를 벌인다. 말을 너무 많이 해서 목에서 쉰 소리가 나는 사람, 팔아 달라고 애원하는 사람을 뒤로하고 우리는 단골집으로 찾아갔다. 오랜만이라는 주인의 반가운 인사와 함께 주인 손에는 어느새 싱싱한 대게가 들려 있다. 생각보다 비싸긴 하나 크고 무게가 있어 배부르게 먹을 수 있었다. 해변가를 둘러보며 여기저기 변한 모습과 자치단체에서 조성한 공원을 둘러보며 산책로를 걷는다.

어느 모퉁이에서 각설이가 가위를 흔들며 엿을 팔고 있는데 한 친구가 걸음을 멈추고 구경하다 엿을 사 온다. 전통 엿을 받아 쥐고 모두 똑같이 중간을 뚝 자른다. 그 중에 구멍이 가장 크게 나오는 엿이 이기는 엿치기도 해 본다. 나날이 발전하는 영덕의 모습들을 뒤로 하고 차에 오른다.

돌아오는 길에 전직 대통령의 생가에 들렀다. 보잘것없던 동네가 대통령이 나오면서 생가는 물론 그 지역 전체가 관광지로 변했다. 도착해서 보니 대통령 기념관은 균열이 생겨 보수공사 관계로 입장할 수가 없다. 아쉬웠지만 뒤편에 자리한 대통령 생가가 짚으로 엮은 초가로 아주 깨끗하게 단장되어 있다. 입구에는 우물도 있고 멍석도 돌돌 말아 세워놓고 디딜방아도 눈에 띄게 자리해 놓았다. 넓지 않은 초가삼간이지만 깨끗하게 지붕을 새로 이어놓은 것을 보니 어릴 때 내가 살던 집이 머리를 스쳐

간다. 전기도 없던 시절 겨울이 되면 초가 처마 끝에는 고드름이 주렁주렁 달렸다. 얼음이 귀하던 때라 하드를 먹는 기분으로 고드름을 꺾어서 먹기도 했다.

1970년대 새마을 운동이 시작되어 호롱불에서 백열등으로 바뀌고 초가지붕이 기와지붕으로 변하면서 새마을 사업이 진행되었다. 새벽에 연탄재 수거차의 확성기로 들리는 새벽종 노래가 하루의 일과를 알리는 기상나팔이 되었다. 우리는 잠시 우물가에서 옛 추억을 이야기하며 한바탕 웃었다.

주변에는 가을걷이가 끝난 빈 논들이다. 밭둑 사이로 감나무의 감이 수확도 하지 않고 그대로 달린 채 말라 있다. 누가 먼저랄 것도 없이 달려들어 몇 개씩 딴다. 따고 보니 먹지도 못할 정도의 감이다. 감은 먹지 못했지만 모처럼 푸근한 날씨가 나들이의 행복을 맛보게 한다. 정겨운 시골 풍경을 뒤로하고 푸른 바다를 벗 삼아 열심히 달린다.

고맙습니다

늦은 시간에 전화벨이 울린다. 입력되지 않은 낯선 번호다. 잘못 걸린 전화겠지 하면서도 마음과는 달리 전화를 받고 말았다. 여보세요, 여보세요 하면서 몇 번을 불렀지만 아무런 반응이 없어 끊으려고 하는 순간 더듬거리는 말소리가 수화기 너머에서 들린다. 순간 나는 누군지를 알아채고 얼른 안녕하세요 했더니 신분을 밝힌다.

해가 바뀌면서 교회 내에 새롭게 조직이 구성되었다. 우리 모임은 모두 일곱 명인데 일흔이 넘으신 여자분들과 언어 장애를 갖고 있는 마흔이 넘은 미혼 청년이다. 청년은 너무 늦게 전화해서 죄송하다며 힘들게 말을 이어간다. 순간 내가 말했다. 목자로서 먼저 안부 전화를 드렸어야 하는데 죄송하다고 하니 아니라고 하는 목소리만 들어도 손사래를 치는 것 같다.

청년이 말한다. 몇 주간 볼일이 있어 모임에 참석을 못 해서 죄송하기도 하고 또 만나서 하고 싶은 이야기가 있어서 늦은 시간이지만 전화를 했다면서 시간이 되시면 토요일 좀 만나고 싶은데 괜찮으시냐고 한다.

저녁에는 선약이 있으니 오후 3시 30분에 만나자는 약속을 하고 전화를 끊었다. 갑자기 머리가 복잡하다. 오랜 친분이 있는 것도 아니고 내가 그 청년에 대해서 아는 것도 별로 없는데 전화로 얘기하면 될 것을 굳이 만나야 할 일이 무엇일까. 쉽게 잠이 오지 않는다. 토요일, 청년을 만나기 위해 서둘러 나가니 약속 시간보다 일찍 도착했다.

혼자서 기다리는 동안 생각나는 사람이 있다. 오랫동안 친자매처럼 지내는 언니이자 나의 멘토이다. 내가 힘들 때나 답답할 때 무엇이든지 내가 필요할 때는 언제든지 만나 주고 달려와 주는 언니이다. 얼굴만 봐도 속이 후련하고 편안한 사람이다. 갑자기 왜 그 언니가 생각날까.지금 내 마음은 초조하다. 한 청년을 만나기 위해 기다리고 있다. 내가 뭐길래, 나를 만나면 기분이 좋아진다며 청년이 말했다. 언니도 내가 만나자고 했을 때 이런 기분이었을까? 내가 알고 있는 언니는 정말 상대를 편안하게 해주고 내 목소리만 들어도 상황이 어떤지 눈치채고 알아서 해결해 주는 멋진 나의 후견인이다. 나도 누군가에게 이런 멘토의 역할을 해줄 수 있을까 싶은 생각이 든다. 나에게 고마운 언니다.

그는 약속 시간에 정확하게 도착했다. 서로 반갑게 인사하고 자리를 권했더니 테이블을 두고 멀리 떨어져 앉으려 한다. 가까이 앉기를 권했으나 말하기도 힘든 언어로 거절하며, 집에서 나오기 직전에 공황장애 약을 먹고 왔다며 건강이 좋지 않음을 다시 알리는 것 같다. 언어 장애는 알고 있었지만 그 외의 병명은 알 수가 없는 상태이다.

첫 마디가 나와 같은 모임의 식구라서 엄청 좋다면서 자신의 가정사부터 말 하더니 평소에 하고 싶었던 이런 저런 이야기며 마지막에는 부모님의 건강에 대해서 기도 부탁까지 한다. 갑자기 시계를 보더니 자리에서 일어난다. 전날 통화하면서 내가 저녁에 선약이 있음을 얘기했더니 기억하고 있었던 모양이다. 괜찮으니 좀 더 있어도 된다니까 다음에 또 만나면 하겠다면서 오늘 자신의 이야기를 들어줘서 고맙다는 인사와 함께 헤어졌다.

돌아가는 뒷모습을 보면서 왠지 미안한 마음이 들었다. 하고 싶은 말을 다 못하고 간 건 아닐까, 또 다른 뭔가를 나에게 부탁하러 온 건 아닐까. 나는 아무런 해결책을 찾아 주지 못한 것 같은데, 그저 듣고만 있었는데 청년은 내게 말했다.

"저 같은 사람을 만나 주고 이야기 들어 주셔서 너무 고맙습니다."

허리를 굽혀 인사하고 다음에 또 만날 것을 약속했다. 얼굴
표정은 밝아 보였지만 어딘가 모르게 수심이 가득한 분위기였
다. 나로 인해 조금은 마음이 후련했을까, 답답한 마음은 좀 풀
렸을까, 여러 가지로 고민을 하게 하는 시간이었다. 멀리서 뒷
모습을 바라보다 다음 약속이 있어 장소를 옮겼다.

말 없는 소통

아들을 군대에 보낸 지도 강산이 변하고 있다. 지금에 이르기까지 많은 갈등이 있었음에도 불구하고 잘 견뎌낸 덕분에 이제는 안정이 되어 간다. 처음에는 전화만 오면 가슴이 철렁하고 불안한 마음이 들었는데 잘 적응해서 안정적인 직업의식으로 자리 잡고 있다.

직업군인을 선택한 데는 본인의 생각도 있었지만 부모로서 뒷바라지를 못해준 이유도 있다. 수능을 앞두고 서울에 있는 학교로 지원한다는 소리를 했을 때 완강하게 반대를 했다. 학비며 하숙비를 감당할 엄두가 나지 않았기 때문이다. 그러나 결심을 바꾸지 않고 서울에 가겠다는 아들의 설득에 우리가 한발 물러선 것이다. 입학금만 해결해 주면 모든 학비는 알아서 하겠다는 아들의 생각을 믿고 보낸 것이 지금 군 생활의 시작이다. 학교에 가서 군장학생으로 선발되고 여러 가지 자치활동을 하면서 학비며 기숙사비까지 해결하는 아들이 대견했다. 그렇게까지 하면서 약속도 지키고 부모의 걱정을 덜어주는 아들에게 미안함도 있지만 고마운 마음이 더 컸다.

대학을 졸업하고 3사관학교에 입대를 했다. 아들이 군에 입대하면 부모들은 마음이 아파 울고불고 난리다. 반면에 나는 일반병도 아니고 장교로 입대하는 아들을 보며 마음이 담담했다. 장교훈련은 더 빡세다 하는데 그것마저도 가볍게 생각했다. 그런 세월 속에 소위로 임관하고 지금은 소령으로 재정 참모라는 위치에 와 있다.

며칠 전 통화를 하면서 지금 모시고 있는 사단장님이 퇴임을 한다는 이야기를 했다. 여러 사단장님을 모셨지만 지금의 사단장님은 인품이 갖춰진 분이라 좋고 전 사병들을 아끼고 사랑하는 마음이 너무 존경스럽다고 입에 침이 마르도록 자랑하던 그분이 퇴임한다며 특별히 자신을 아끼고 예뻐해 주신 분이라고 서운함을 토로했다. 좀 더 모셔야 하는데 하면서 아쉬워했다.

퇴임식 날 연병장에서 기념식을 하는데 정말 감동의 날이었다고 한다. 기쁨과 서운함의 행사였다며 아들의 목소리까지 떨렸다. 강단에서 인사말을 끝내고 전체 사병들이 경례를 하는데 목소리가 어찌나 크던지 지금까지 느껴보지 못했던 퇴임식이라 했다.

지휘관들이 일렬로 줄을 지어 인사를 하는데 아들이 맨 마지막 위치에 서 있었다고 한다. 사단장이 한 사람 한 사람 악수하며 "지금까지 잘 도와줘서 고맙다."라는 멘트로 지나오는데 아들 앞에서는 손을 잡고 아무 말 없이 그냥 빙그레 웃으시며 포옹하고 귓속말로 "또 보자" 하시는데 참았던 울음이 터져서 옆사람에게 민망했다고 한다. 지금까지 많은 분을 모셨지만 대내외적으로 그분의 평판은 아주 좋으며 어떠한 자리에서도 그분에 대한 안 좋은 이야기는 들어보지 못했다고 하면서 군인으로서 존경받을 분이라고 온 힘을 다하여 자랑했다. 퇴임식 날의 감정이 사라지기 전에 그분에게 한 통의 편지를 썼다며 보내왔다.

말 없는 소통

악수하며 말없이 바라보는 당신의 눈빛이
짧은 포옹에 오가는 수많은 추억들이
온화한 미소에 담겨있는 신뢰와 응원이
말하지 않아도 들리는 당신의 음성
순간의 긴 소통에 터져 나오는 존경의 눈물

글을 읽는 순간 콧등이 찡하며 아들이 진심으로 그분을 존경하고 있구나, 눈빛만 보아도 상대의 마음을 알 수 있는 참으로 좋은 사람과 멋진 관계를 유지하고 있었구나 하는 마음으로 아들에게 말했다. 지난 사단에서는 그렇게도 모시기 힘든 분도 잘 모셔 오더니 이번에는 좋은 분과 신뢰를 지키며 모셨구나 싶어 '대견하다, 우리 아들' 하며 위로해 주었다.

계급사회라 절대 복종으로 힘든 부분도 많아 전역하겠다고 몸부림칠 때도 있었지만 잘 참고 지금까지 지나고 보니 이런 가슴 벅찬 시간도 있다는 전화기 속의 아들 목소리는 여전히 떨리고 있다. 나 또한 마음이 뿌듯하다.

어느 직장인들 순탄하기만 할까. 앞으로 갈 길이 멀고 먼데 지금처럼만 해 주면 무사하지 않을까 싶다. 아들 화이팅!!!

다리가 여섯 개

어릴 적 많이 들어본 수수께끼 문제가 있다. 처음에는 네 발로 그 다음엔 두 발로 맨 나중엔 세 발로 걷는 게 무엇이냐? 정답은 사람이다. 맨 처음 갓난아기는 네 발로 기어 다닌다. 그러다 성장하면서 두 발로 걷다가 늙으면 지팡이를 짚고 걸으니 세 발로 걷는다고 한다.

몇 개월 전부터 나는 요양원에 근무를 한다. 할아버지 두 분, 할머니 열일곱 분이 기거하는 공동생활 요양원이다. 나이는 70대부터 102세까지로 다양한 병명을 가진 어르신들이다. 가장 많은 분이 치매 어르신이고 지극히 정상인데 모실 가족이 없어 오신 분, 또 자녀들이 있어도 형편상 함께할 수 없어 공동생활에 오신 분들이다.

처음 입소했을 때는 버림받는 기분이라 힘들었지만 살아보
니 괜찮다고 하시는 분들이다. 자녀들이 수시로 찾아뵙긴 하지
만 올 때는 웃으며 왔다가 갈 때는 항상 눈물을 머금고 가면서
돌보는 선생님들께 죄송하다면서 부모님을 잘 부탁한다는 말
까지 남긴다.

하루는 어르신 한 분을 모시고 가까운 동네 병원을 다녀오는
데 뒤에서 들려오는 소리.

"저 할머니는 다리가 여섯 개다."

뒤돌아보니 초등학교 저학년쯤 되는 남자아이 네 명이 뒤따
라오면서 한 아이가 하는 말이다. 어르신이 돌아보면서 '누가
말했냐.'고 물었다. 그 순간 한 아이가 야단맞을까 봐 겁에 질린
표정과 기어들어 가는 소리로

"제가 그랬어요."

할머니는 빙그레 웃으시며

"어째서 내 다리가 여섯 개냐?"

"두 다리하고 양손에 지팡이를 잡고 걸으니 여섯 개지요."

할머니는 아이의 머리를 쓰다듬으시며

"얘야 너 똑똑하구나. 어떻게 그런 생각을 했니?"

하면서 가방에서 천 원짜리 한 장을 주며

"공부 열심히 해서 훌륭한 사람이 되거라."

요양원에 돌아와서도 할머니는 그 아이의 이야기를 되풀이

했다. 양쪽 다리가 휘어질 정도로 힘이 없어 지팡이 두 개를 잡고 다닌다. 두 다리에 양손으로 지팡이 두 개를 잡았으니 다리가 여섯 개다.

마냥 건강할 것 같은데 세월이 흐르면 신체적 문제가 아니면 정신적으로 장애가 생긴다. 살아오면서 정부 시설에 몸을 맡길 날이 올 거라고 상상이나 했을까? 그러나 시대의 흐름에 따라 스스로 안식처를 찾아가는 것도 괜찮을 것 같다는 생각이 든다. 집에서 혼자 외롭게 지내기보다 친구들과 함께 공동생활을 하는 것도 유익하지 않을까 싶다.

하루하루 살아가는 어른들을 바라보며 지내온 시간들이 나에게는 의미 있는 일이기도 하다. 아직은 두 다리로 열심히 뛰어다니지만 가끔씩 그 아이의 말이 생각난다.

"어, 다리가 여섯 개네."

세탁

　　세탁기에서 빨래를 꺼내는 순간 심
장이 멎는 줄 알았다. 맨 밑바닥에 리모컨 차 키가 들어 있는 게
아닌가. 모든 동작이 마비가 된 듯 움직일 수가 없었다. 아~ 이
일을 어찌할꼬. 빨래는 뒤로하고 리모컨을 손에 들고 남편에게
로 갔다. 빨래한다던 사람이 난데없는 차 키를 들고 있으니 의
아한 눈으로 쳐다본다. 다 죽어가는 목소리로

　"여보 이거."

　"갑자기 키는 왜?"

　"이게 세탁기 속에."

　남편의 표정이 완전 굳어졌다. 한참 동안 아무 말 않더니 도
대체 여자가 빨래할 때 호주머니 검사도 안 하고 세탁한다고 씩

씩거렸다. 평상시에 주머니의 소지품은 본인이 잘 챙겨서 꺼내고 빨래할 것만 주니까 나는 생각 없이 벗은 옷을 세탁기에 넣는다. 죄송하단 말 외에는 달리 할 말이 없었다. 빨리 물을 말리도록 해 보라는데 나 역시 머리가 하얗게 된지라 어찌해야 할지를 몰랐다. 이 키는 승용차가 아니라 28톤 덤프트럭 리모컨 키였다. 실수라고 하기보다는 사건이다. 그 순간 나란 존재는 이미 방바닥을 기어야 했다. 오래 전 신혼시절에 또 한 번의 세탁 실수가 있었기 때문에 더 놀랐다.

어느 날 남편이 선물이라며 불쑥 내민 게 있었다. 좋아서 얼른 받았는데 받고 보니 신호위반 벌금고지서였다. 치~ 하면서 웃었지만 남편은 날짜 넘기지 말고 납부하라고 했다. 이해가 안 되는 것이 그 고지서가 왜 세탁기에 있었는지 지금도 알 수 없는 수수께끼이다. 세탁물을 꺼내고 보니 통돌이 벽에 한 장의 종이가 얌전히 붙어있었다. 벌금고지서였다. 갑자기 가슴에서 콩콩거리는 소리가 났다. 남편의 성격을 잘 알기에 심장이 멎을 만큼 완전 겁에 질렸다. 납부할 날짜에 맞춰 은행으로 갔다.

고지서를 받아든 직원이 날짜와 금액이 안 보여서 여기서 납부를 할 수 없으니 파출소로 가라고 했다. 급하게 집 주변 파출소로 갔다. 역시 같은 대답이었다. 고지서가 끊긴 지역 경찰서로 가서 다시 발급받아서 내라 했다. 정말 눈앞이 캄캄했다. 대구가 아닌 영천경찰서까지 가야 했기 때문이었다. 차편도 모를 뿐더러 혼자 갈 줄도 몰랐다. 요즘 같으면 독촉장 나올 때까지 기다렸을 수도 있으련만 그 당시에는 그런 생각도 할 수 없었다.

그래서 생각나는 한 사람, 친정 오빠에게 전화를 했다. 여차여차 사정 얘기를 하고 영천경찰서로 가서 새로 발급받아 납부를 하고 집으로 돌아왔다. 그때는 남편에게 이야기하지 않았다. 한참 지난 후 그 말을 들은 남편은 어이가 없다는 표정을 지었다.

리모컨 키를 들고 어쩔 줄 몰라 하는 내게 어떻게 하든지 물을 말려 보라고 했다. 일반 키가 있으니 문은 열 수는 있지만 차에서 소리가 나면 감당이 안 될 뿐더러 늦은 저녁시간이라 서비스센터도 문을 닫았을 텐데 한다. 헤어드라이기로 말려 보았다. 그러나 물은 여전히 손에 묻어 나왔다. 마음은 점점 더 불안했지만 바람으로 말리면서 제발 무사하기를 바랐다.

남편이 보기가 딱했던지 키를 분해해서 물기를 닦고 직접 말리면서 만지작거렸다. 여자가 조심성 없이 호주머니 검사도 안하고 빨래를 한다고 혼자 중얼거리는데 내 귀에는 얼마나 크게 들리는지 가슴이 콩알만 해졌다. 제발 고장만 아니길 바라면서 세탁한 옷들을 건조대에 걸었다.

참으로 많은 생각들이 머리를 스쳐 지나간다. 친정 엄마 아버지가 주고받으시던 말씀 중에 지금의 나와 같은 실수를 한 어머니에게 아버지께서 조심성 없는 여자들의 행동에 대해서 하신 말씀이 있었다. 대체로 남자들의 호주머니에는 담배가 들어 있다. 세탁 전에 애벌 빨래로 호주머니 검사를 해야 하는데 그냥 세탁을 해서 담배 가루로 인해 빨래가 오히려 더 더러워진다는 얘기가 생각났다. 그때 엄마의 기분도 지금의 나와 같았을까 싶었다. 하지만 그것도 잠시뿐 내 마음은 온통 남편의 표정만 살피고 있었다. 키를 분해해서 닦고 말리고 하더니 조립하지 않고 방바닥에 늘어놓고 자리를 이동했다. 남편 몰래 분해한 키를 바라보았다. 다음 날 아침이 걱정되었기 때문이었다.

아침 일찍 일어난 남편은 얼른 키를 조립하고 밖으로 나갔다. 따라가고 싶었지만 혼자 간다는 말을 듣고는 불안한 마음으로 기다렸다. 한참이 지났지만 아무런 연락이 없었다. 한편으로는 안심이 되면서 온통 그곳에만 신경이 쓰였다. 잠시 후 집으로 온 남편의 표정은 편안해 보였다. 혼자 안도의 숨을 쉬었다. 마음을 가다듬고

"여보 키 괜찮았어요?"

하며 쳐다보는 내 얼굴에는 긴장된 표정이다. 남편이 씨익 웃으며 "다행히 잘 되더라"는 말이 채 끝나기도 전에 감사했다.

한순간의 실수로 내 가슴은 완전히 숯처럼 까맣게 되어 버렸다. 조심하리라 마음은 먹지만 언제 또 이런 실수를 할지 예측할 수 없다. 힘든 하루였지만 마음 한편으로는 한 번 더 확인하지 못한 나의 실수를 되돌아보는 날이기도 했다.

체험장에서

       새벽 기온이 제법 쌀쌀하다. 적은 양이지만 한 줄기의 소나기가 지나고 나니 그렇게도 기세가 당당하던 폭염도 언제 그랬냐는 듯 얼른 꼬리를 감춘다. 높은 하늘의 구름이 더 높아졌지만 뭉게구름의 자태는 눈앞에 보인다. 사람들의 말투에는 덥다는 말보다 시원하다는 말이 먼저 나온다.

  여름 행사를 마무리하기 위해 청년들과 함께 팔공산으로 갔다. 하루 종일 무엇을 하며 지낼 것인가 했더니, 테마파크에서 안전체험을 하고 괜찮은 식당가서 점심을 먹고 카페에서 차를 마시며 모임을 갖는다고 한다. 임원들이 고민하며 세운 계획이라 함께 동행했다.

팔공산 휴양림에는 오래 전에 가 보았기 때문에 변한 모습이 익숙하지 않았다. 첫 목적지로 '대구시민안전테마파크' 라는 간판이 보이는 곳으로 안내되었다. 체험장이라 하면 유치원생부터 초등학생들이 가는 줄 알았다. 그래서 어떤 체험을 하는지 궁금해서 옆에 있는 친구에게 살짝 물었다. 불이 났을 때 소화기 사용 방법과 모노레일 탈출 체험, 대구 지하철 중앙로역 화재 사건 때 일어났던 것을 보여 준다는 것이다. 우리는 먼저 예약을 하고 왔기 때문에 시간에 맞추어 바로 입장을 할 수 있었다.

안전테마파크는 상인동 가스폭발사고, 2.18 지하철 참사 등 각종 재난과 안전사고 유발요인을 분석하고 이에 대한 실질적인 체험교육을 통해 시민의 안전 의식과 재난 대응역량을 함양하기 위하여 설립되었다.

팔공산 입구에 들어서면 깨끗하게 지어진 두 개의 건물이 있는데 1관은 지하철 안전 전시관, 생활안전 전시관, 4D영상관으로 되어 있고 2관은 옥내 소화전, 농연탈출, 완강기, 모노레일, 심폐소생술 체험장으로 되어 있다. 평일인데도 마당에는 유치원 통학차량과 관광버스가 여러 대 주차되어 있었다. 나는 약간의 흥분된 마음을 진정시켰다.

2003년 2월 18일 09시 53분 대구 지하철 중앙로역에서의 화재는 50대 남자가 범인이라 했는데, 알고 보니 지적장애임에도 불구하고 그 마음에 분노가 가득한 사람이었다. 휘발유통을 들고 '모두 죽여 버리겠다.' 고 몸부림치면서 휘발유에 불을 붙이는 바람에 12량의 지하철 객차를 태우고 200여 명의 사망자와 148명의 부상자를 낸 엄청난 참사를 냈다. 잘못된 생각으로 수많은 인명피해와 물질적 피해, 사회적으로 엄청난 피해를 입힌 당사자는 끝내 숨을 거두었다. 무엇이 그 사람의 마음에 분노와 죽이고 싶은 마음을 갖게 했을까를 잠깐 생각해 보았다.

죽은 사람은 말이 없듯이 분노를 해결할 기회조차도 주지 않고 엄청난 참사를 내고 만 것이다. 그리고 상인동 가스폭발사고 등을 생각하면 우리는 안전 불감증에서 헤어나질 못한다. 갑자기 소름이 돋았다. 직접적인 장소는 아니지만 나는 지금 이동되어져 있는 현장으로 가고 있다. 눈앞에 세워져 있는 앙상한 지하철을 바라보았을 때 무섭고 끔찍했다. 이렇게 좁은 공간에서 많은 사람들이 살려달라고 아우성치는 함성이 들려오는 것 같아 잠시 눈을 감았다.

안내자를 따라 체험을 시작했다. 아파트 계단에 설치되어 있는 소화기나 옥내 소화전을 예사로이 보고만 다녔지 눈여겨보지 않았던 나의 행동이 체험장에서 들통이 났다. 설명을 듣고 2인 1조가 되어 직접 소화전을 들고 불을 끄는 체험을 했다. 잠시 후 지상철 모노레일 탈출과 심폐소생술까지 직접 해보았다. 체험생들의 모습이 힘이 들어 보였는지 안내하는 소방관 아저씨가 "한 생명을 살리는 게 쉬운 일이 아니죠?"라고 했다.

마지막으로 지하철 참사 현장으로 향했다. 눈앞에 펼쳐진 뼈대만 남은 차량을 봤을 때와 잠깐 본 영상 속에 살려 달라 애원하는 시민들의 함성을 들었을 때를 연결하니 차마 상상 못 할 처절함이 가슴을 아프게 했다. 많은 시간이 지나고서 본 우리의 마음도 이렇게 비참한데 사고자의 가족이나 지인들은 어땠을까. 무엇으로도 위로가 될 수 없는, 기억조차도 하기 싫은 그날의 일들을 잠시 체험으로 실감했다. 사고 당시 이런 안전교육을 받은 사람이 많았더라면 어땠을까. 사상자가 적었을까. 여러 가지 복잡한 생각들이 발걸음을 무겁게 했다. 함께한 체험자 모두는 침묵했다.

어린 유치원생들도 묘한 기분을 알기라도 한 듯 조용하게 안내자의 말을 잘 따랐다. 마지막으로 영상을 하나 보고 체험장 일정을 마무리했다. 밖으로 나오니 연로하신 어른들이 입장하려고 줄을 서 있는 모습이 유치원생이나 다름없었다. 체험장에 들어갔다 나오면 저분들의 마음도 나와 같을 것이라 생각했다.

늦은 시간이었지만 오리와 닭백숙으로 점심을 먹고 팔공산 케이블카를 타고 산 정상으로 올라갔다. 한동안 침묵을 하다 높은 곳에서 대구 시내를 바라보니 언제 그랬냐는 듯이 평온해 보였다. 따가운 햇살도 구름 뒤에 모습을 감추고 곧 소나기라도 쏟아질 듯한 날씨였다.

부랴부랴 내려와 카페에서 이야기꽃을 피운다. 함께한 청년들을 바라보니 젊은 패기가 있어 든든하면서도 지난날의 어려운 환경을 모르고 비싼 한 잔의 커피에 행복해하는 모습이 왠지 모르게 씁쓸하다. 사람이 살아가는 환경은 다 그런가 보다. 지나온 시간들은 잠시고 현재의 생활에 휩쓸려가는 우리의 삶으로 인해 또 다른 안전사고에 노출되지 않을까 염려가 된다.

의미 있는 체험을 하고 나니 마음이 뿌듯하다. 한편으로는 참사를 당한 수많은 고인들의 명복을 빈다.

2부

연지못

연지못은 작년부터 경산시에서 수변 생태원으로 지정했다. 연
지못의 아름다운 경관과 생태적인 환경을 체험할 수 있도록
조성하고 있는 수변 생태원이다. 바람 따라 연꽃들이 한들거
리고 자연의 향내음을 맡으며 가족이나 친구들과 힐링할 수
있는 공간을 만들고 있다. 7~8월이 되면 연꽃이 만발하는데
그 풍경 또한 장관을 이룬다.

왜 화가 날까

일을 마치고 집 현관문을 여는 순간 음식 태운 냄새가 코를 찌른다. 가방을 든 채로 주방으로 향한다. 새까맣게 타버린 냄비를 쳐다보는 순간 놀라서 시어머니께 묻는다.

"어머니 콩나물국 태웠습니까?"

"아니다. 네가 아침에 불을 안 끄고 갔더라. 점심 먹으려고 주방에 갔더니 새까맣게 탔더라."

온몸이 덜덜덜, 소름이 돋는다. 콩나물이 숯덩이가 될 때까지 모르고 있었단 말인가. 연기와 냄새가 온 집 안을 덮었을 텐데 뭐 하고 있었단 말인가.

속담에 방귀 뀐 놈이 성낸다고 가스 불을 끄지 않은 것은 전적으로 내 잘못이다. 그런데 왜 화가 나는 것일까. 스스로 생각해도 이해가 되지 않지만 생각할수록 화가 치민다. 나의 실수를 부정하기엔 너무 늦었고 인정하기에도 내 마음이 허락하지를 않는다.

새까맣게 탄 양은 냄비를 빡빡 문지르면서 마음을 진정시킨다. 흔적을 없애기 위해 창문을 열고 환기를 시킨다. 틈만 나면 가스 불조심하라고 당부하는 남편이 알까 봐 바쁘게 움직인다. 말로만 듣고 내 일이 아니라고 생각했던 일이 나로 인해 일어난 것이다. 어머님이 안 계셨다면 화재로 번졌을 수도 있는 일이었다. 생각 할수록 소름이 끼친다. 서둘러 냄비를 닦으며 자신에게 묻는다. 다행이고 다행인데 나는 왜 화가 날까.

배웅

        며칠 전만 해도 비가 오고 바람이 불더니 형부가 멀리 떠나던 날은 날씨가 얼마나 화창하고 따뜻하던지 참으로 다행이라 생각했다. 명복공원 가는 길은 더없이 아름다웠다. 가는 길 양쪽엔 개나리 진달래가 장관을 이루었다. 마치 형부를 환송이라도 하는 듯 꽃들이 춤을 추며 웃고 있었다. 영구차에 몸을 실은 우리는 슬픔을 망각하고 꽃을 바라보며 형부는 죽어서까지도 행복한 사람이라고들 했다.

    사람이 태어나면 한 번 죽는 것이 정한 이치라 했던가. 평생을 자기만을 위해서 살다가 가신 분이라 아쉽지도 않았지만 그래도 한편엔 이 세상에서 떠나보내고 다시는 살아서 볼 수 없음에 우리는 눈물을 흘렸다. 사람이 태어나면 기쁨의 웃음을 선물

하고 세상을 떠나갈 때면 슬픔의 눈물을 선물로 주는가 보다. 형부와 한평생을 함께 살아온 언니는 하염없이 눈물만 흘리고 있다. 저 눈물은 어떤 의미가 담겨 있을까. 언니가 살아온 형편을 너무나 잘 알고 있는 나이기에 그저 바라만 본다.

일 년 전 폐암 4기라는 진단을 받고도 자기의 병을 인정하지 않은 채 시간이 흘렀다. 알면서 인정하고 싶지 않았는지도 모르겠다. 일 년이라는 시간 속에 형부를 지켜보면서 때로는 위로도 했지만 나도 모르게 짜증을 낼 때도 있었다.

내가 어릴 때 언니와 형부가 결혼을 했기 때문에 나에게 형부는 두렵고 무서운 사람이었다. 그러나 세월이 흐를수록 형부를 이해하게 되고 언니를 위해서 자주 만나다 보니 친해지고 농담도 곧잘 하곤 했다. 형제들 중에서도 내가 가장 형부와 친한 사이가 되었다. 그러다 보니 병원도 함께 다녔고 무슨 일이 생기면 처제부터 찾는다고 언니가 그랬다. 일 년이 지나니까 의사의 말대로 통증이 오면서 형부는 중환자로 변해가기 시작했다. 입원도 하지 않은 채 집에서 진통제만 찾았다. 통증은 하루가 다르게 심했다. 자녀들은 다 멀리 있고 언니 혼자서 애를 먹고 있는데 답답하기 그지없었다. 형부를 달랬다. 병원 가면 아프지 않고 편하게 지낼 수 있으니 입원하자고 했더니 정말이냐고 하며 쳐다보는 그 눈빛이 어찌나 간절하던지 지금도 생생하다.

이렇게까지 진행속도가 빠른데 살 수 있다는 희망으로 병원을 가겠다고 하는 형부를 보면서 마음이 아팠다. 죽음이 코앞에 와 있음을 인정하지 않고 오직 삶에 애착을 가지는 남편을 바라보는 언니의 마음은 어떠했을까. 아내로서 아무것도 해 줄 수 없는 언니의 마음을 위로라도 하는 듯 밖에는 비가 내리고 있었다. 고민 끝에 구급차를 불러 가까운 병원으로 입원시켰다. 하루에 마약 진통제를 서른 번씩이나 맞았지만 통증은 가라앉지 않았다.

며칠 후 담당의사가 위독하니 일인실로 옮기고 마음의 준비를 하라고 했다. 자녀들에게 마지막으로 연락하고 꼭 봐야 할 사람들을 불러서 보게 했다. 매일 환자를 지켜보면서 우리가 흙으로 돌아가야 하는 길이 얼마나 멀고 먼 길이기에 저렇게 힘이 드는 걸까라고 생각해 보았다.

친정아버지가 생각났다. 형부가 돌아가신 날이 친정아버지 추도일이다. 평소 술은 좋아하셨지만 늘 건강하게 사셨는데 저녁 잘 드시고 마루에 나가시다가 그만 쓰러지면서 돌아가셨다. 그때는 집 외에는 전화가 없던 시절이라 오후에 우체국 가서 시외 전화로 안부 전화를 했다. 별일 없다는 엄마의 목소리를 들었는데 그날 밤늦게 아버지가 돌아가셨다는 소식을 전하러 왔다. 심장마비라는 사망진단을 받은 것이다. 갑작스런 죽음에 자식들은 안타까워했지만 지나고 보면 참으로 복 받은 어른이라 생각한다. 추도일이라 형제들이 모여서 밥이나 먹자 했는데 형부가 돌아가셔서 장례식장으로 모이게 되었다.

사람이 살아오면서 아무리 잘했다 싶어도 뒤돌아보면 부족하고 좀 더 잘하지 못했음을 후회한다. 형부를 먼저 보낸 언니를 보면서 마음이 아프다. 오로지 한 사람만 바라보며 가정에 묻혀 살아온 언니가 앞으로 어떻게 지낼까 싶어 조심스럽게 지켜본다. 지금 언니의 마음은 어떤 심정일까. 내색은 않지만 외롭고 힘들지는 않은지 물어보고 싶다.

입관을 할 때 유족들과 함께 형부의 마지막 모습을 보았다. 아픔을 참지 못해 몸부림치던 형부의 모습과는 다르게 잠을 자듯 너무나 편안한 모습으로 누워 있었다. 마음속으로 언니 걱정은 하지 말고 처제도 그만 찾으시고 편히 가시라고 했다.

초목이 무성하고 꽃들이 만발해서 무언의 풍악을 울리는 아름다운 계절에 한 줌의 흙으로 돌아가는 형부의 마지막 길은 어느 때보다 화려했다. 벚꽃 잎이 눈처럼 흩날리는 아름다운 꽃길로 형부를 배웅할 수 있어 다행이었지만 홀로 떠나는 형부를 생각하니 짠했다. 4대 독자로 피붙이 하나 없이 외롭게 살아온 형부가 80년 만에 처가 형제들과 여행 간 것이 처음이자 마지막 여행이 되었지만 이제부터는 둘이도 아닌 혼자서 그 먼 길을 떠나야 한다. 벚꽃 잎이 하얗게 흩날리는 꽃길 사이로

"잘 있어"

라고 손을 흔들며 사라지는 형부의 모습이 보이는 듯했다.

질문의 시간

　　　　　　　　여름 휴가철이 되면 아들 내외가
두 딸을 데리고 다니러 온다. 시골이라 봄, 가을이 아름답지만
여름철에는 싱그러움이 있다. 텃밭에 나가면 여러 가지 꽃과 과
일들이 있어서 아이들의 자연체험학습에 도움이 되기도 한다.

　오늘 아침에는 햇살이 유난히 밝아 보인다. 말하는 꽃 손녀
가 왔기 때문이다. 아들이 퇴근 후에야 데리고 오는 형편이라
밤늦게 도착하는 아이들을 보면 마음이 짠하다. 오랜만에 만나
니 반가워서 시간 가는 줄도 모르고 밤늦도록 이야기하다 잠깐
인 듯 잠을 자고 아침 일찍 일어나는 손녀들.

　나는 딸이 없어서 늘 딸 가진 친구들을 부러워했다. 출가한
딸이 친정에 오면 딸과 함께 밤을 새워 이야기한다는 소리를 들

으면 부러웠다. 이제는 부러워하지 않는다. 손녀와 밤늦도록 이야기하다 잠이 들면 늦은 나이에 딸을 얻은 착각에 빠진다. 시간이 어떻게 가는지도 모른다. 비록 나이는 어리지만 어찌나 할머니의 마음을 잘 살피는지 쳐다만 봐도 가슴이 설레고 벅차다. 돌아가신 우리 엄마의 마음도 이랬을까?

아침 준비로 조금 일찍 일어났는데 6살 된 큰손녀가 눈을 비비며 주방으로 들어온다.

"할머니, 할머니 집 아침은 왜 이렇게 빨리 와요?"

순간 하던 일을 멈추고 손녀를 바라본다. 늦게 일어나던 즈네들 집과는 달리 시골 할머니 집에서는 일찍 일어나는 게 신기했던 모양이다.

"그렇구나, 해님이 너를 보려고 제일 먼저 할머니 집에 찾아왔나 보다."

손녀는 신기한 듯 방긋 웃는다. 손녀와 함께 텃밭으로 나간다. 상쾌한 아침이 우리를 마중한다. 활짝 웃는 나팔꽃, 이슬을 못 이겨 고개 숙인 강아지풀, 주렁주렁 매달린 고추랑 가지, 방울토마토.

우리는 잡은 두 손을 맘껏 흔들며 산책을 시작했다. 손녀의 질문은 끊임없이 이어졌다. 이 꽃 이름은 뭐예요? 이 채소는 누가 심었어요? 담쟁이는 왜 저렇게 멀리 올라가요? 나는 묻고 또 묻는 손녀를 바라보며 잊고 살았던 어머니가 생각났다.

지금은 하늘나라 가시고 안 계시지만 5남매의 늦둥이로 태어난 나는 어머니의 사랑을 많이 받고 자랐다. 풍요로운 형편은 아니었지만 막내인지라 언니 오빠들보다 귀여움을 받았다.

　어린 시절 지금의 내 손녀처럼 붙임성도 좋았다. 학교를 졸업하고 취업한 지 얼마 되지 않아 지금의 남편과 결혼한다고 어머니의 속을 상하게 했다. 나이도 어린 데다 벌어놓은 돈도 없이 시집을 간다 하니 어머니는 얼마나 황당했을까. 살아보니 별것도 아니건만 그때는 왜 그렇게 어머니의 마음을 아프게 하면서까지 결혼을 고집했는지 생각하면 민망하고 죄송할 따름이다. 증손녀의 재롱이라도 보시게 지금 살아계셨다면 얼마나 좋을까. 사무치게 그립다. 젖어오는 눈가를 아이가 볼까 봐 하늘을 쳐다보는데 멀리서 어머니의 목소리가 들리는 것 같다.

　"울지 마라. 어차피 인생은 선택이다."

　아이가 나팔꽃 앞에 쪼그리고 앉는다.

　"할머니, 이 꽃은 아침에만 피었다가 저녁에는 시들지요?"

　"그렇단다. 우리 손녀 똑똑하네!"

　말하고 보니 쓸쓸한 생각이 든다. 인간의 삶이 유한하지 않던가. 모든 것은 시작과 끝이 있는 법. 오늘 이 질문의 시간도 때가 되면 시들어 갈 것이다. 내가 그러했던 것처럼. 어머니의 어머니가 그러했던 것처럼. 먼 훗날 아이는 이 순간을 기억해 줄까?

"그만 가자. 아침 먹어야지."

해는 어느새 중천에 떠 있고 나는 아이의 손을 잡고 집으로
향한다.

똑같다

오랜만에 세 자매가 한 자리에 모였다. 자매지만 나이 차이가 많이 나서 나에겐 엄마와 같은 언니들이다. 큰언니가 혼자된 후로 서울에 사는 작은언니가 자주 내려온다. 세 사람이 함께 모이기는 참으로 오랜만이다. 큰언니는 나와 같은 지역에 살지만 작은언니는 경기도 곤지암에 살고 있다. 멀리 있는 언니가 가까이 있는 나보다 더 자주 내려온다. 모처럼 함께 점심을 먹는다. 메뉴는 고디국에 국수다. 소박한 밥상에 세 자매가 앉아 점심을 먹으며 작은언니가 한마디 한다.

"막내네 둘째 아들 그 녀석은 말도 잘하는 기라."

큰언니는 무슨 말인지 의아해했지만 나는 알아들었다. 우리 두 아들이 초등학교 다닐 때니까 지금부터 20여 년 전의 이야

기다.

아이들이 여름방학을 해서 모처럼 휴가를 받았다. 아이 둘을 데리고 서울 작은언니네로 놀러 간 것이다. 지금은 곤지암에 살지만 그 당시엔 서울 잠실에 살았다. 아이들이 서울 구경 간다고 좋아했던 기억이 난다. 오랜만의 외출이었기에 가슴도 설레고 부러울 게 없었다. 기차를 타고 서울에 도착한 우리는 마중 나온 언니를 따라 잠실 아파트로 갔다. 요즘이야 거의 고층 건물이지만 그때만 해도 시골에서 볼 수 없던 아파트가 단지를 이루고 있었다. 신기하기도 하고 놀랍기도 했다.

언니 집에 도착한 우리는 잠시 휴식을 취한 후 저녁을 먹게 되었다. 언니는 시골에서 자랐고 부지런해서 서울서도 텃밭을 만들어 각종 야채를 손수 재배해서 먹었다. 도시에서는 정말 귀한 식물이라 손님이 오면 고기보다 야채를 상에 올린다. 우리도 손님이기 때문에 차려진 반찬이 모두 야채로 구성되었다. 풋고추랑 가지를 쪄서 양념장에 무치고, 상추와 깻잎, 오이까지 우리 집 밥상과 하나도 다를 바 없는 똑같은 메뉴였다. 언니는 무농약 친환경 재배라서 엄청 맛이 있다고 자랑했지만 아이들은 실망한 얼굴이었다. 둘째 아들이 한마디 했다.

"이모 집이 서울이라 반찬이 좀 특별한 게 나올 거라 기대했는데 우리 집하고 똑같네." 실망이 컸던 아들의 한마디, "똑같네"였다. 그 말을 듣고 있던 조카가 언니에게 한마디 했다.

"어머니 오랜만에 이모랑 동생들이 왔는데 반찬이 이게 뭡니까?"

언니는 그제서야

"아이고 그렇구나. 내일은 고기 반찬에 맛난 거 해 주마." 하면서 미안해했다. 사실은 똑같은 반찬이지만 정성이 들어가서 맛있게 먹었다.

다음 날은 서울 시내를 구경하고 놀이공원도 돌면서 아이들 입맛에 맞는 음식으로 신나는 서울여행이 되었다. 언니는 나름 신경을 많이 썼지만 어린아이 말 한마디가 마음에 걸렸던 모양이었다. 내가 생각이 짧았다고 두고두고 미안해하면서 지금까지도 가끔 이야기한다. 그때 그 아이들이 지금은 성인이 되어 가정을 이루었다.

세 자매는 고디국에 국수를 말아 먹으며 옛날이야기를 했다. 그제야 큰언니가 웃음보를 터트리며 인정한다고 했다. 지금도 그 아들이 말솜씨가 있다. 가끔씩 만나면 어른들의 기분을 잘 맞추며 웃기고 분위기를 만드는 재주가 있다고 한다. 오랜만에 언니들과 점심을 먹고 하루라는 시간을 함께 보내고 헤어졌다. 오 남매의 막내인 나는 많은 사랑을 받으며 자랐다. 요즘은 한 가정에 한두 명밖에 없으니 형제우애가 얼마나 소중한지를 모른다. 잘 먹고 잘 사는 시대에 살고 있지만 지역을 초월한 똑같은 메뉴의 반찬을 먹는 우리의 형제자매는 똑같다.

손지갑

           나에게는 까만색의 지갑이 하나 있다. 하루도 변함없이 화장대 서랍 속에서 나를 기다린다. 삼십여 년이 지났지만 한 번도 사용하지 않고 쳐다만 보고 만져만 보니까 지갑이 반항을 하는 것 같다. 어느 날 서랍 속의 지갑은 옆구리를 통해 입을 벌리고 있는 게 아닌가. 깜짝 놀라 꺼내보니 풀이 말라 떨어져 있는 것이다. 아이고 이를 어째~ 속상하지만 그 지갑을 버릴 수 없어 보관하고 있다. 친정 둘째언니가 나에게 선물로 준 것이기 때문이다.

           결혼을 일찍 함으로 인해 직장 생활이나 사회생활도 별로 해보지도 못한 상황에서 나는 시집살이를 했다. 시부모님과 시누이 둘 함께 살면서 그래도 나름 행복했다. 그 당시 시부모님은 조그만 장사를 하고 계셨기 때문에 모든 집안 살림은 내가 했다. 찬거리를 사다 주실 때도 있지만 가끔은 내가 시장을 봤다. 그나마 시장 구경 가는 날은 몸과 마음과 눈이 즐겁기 때문에 그날을 기다렸는지도 모르겠다.

시골이라 5일마다 열리는 장이다. 요즘은 장날이 아니래도 풍성한 농수산물들이 많이 나오지만 그때에는 오직 장날만 기다렸다. 시부모님이 찬거리 사라고 주신 돈을 그냥 호주머니에 넣고 시장에 갔다. 머릿속에는 메뉴를 짜느라 물건은 사지 않고 먼저 시장을 한 바퀴 돌았다.

어느 한 노점 앞에서 나는 발길을 멈추었다. 어떤 사람이 가방에서 예쁜 지갑을 꺼내더니 지폐를 한 장 빼면서 물건을 샀다. 나의 눈은 그 사람의 지갑을 보면서 손은 바지 주머니 속의 돈을 만지고 있었다. 정말 멋있고 부러웠다. 나는 언제쯤 저런 지갑을 가져 보나 하는데 갑자기 짠한 마음이 나를 무겁게 했다. 주변을 둘러 봤지만 내 마음을 아는 사람은 아무도 없는데 누군가에게 들킨 것처럼 부끄러웠다. 발은 어느새 지갑을 파는 가게 앞에 서 있었다. 주인의 목소리가 들렸다.

"새댁, 구경하이소."

라며 바라보았다. 잠깐이지만 유혹이 되었다. 지금 지갑을 사면 찬거리는 어떻게 하며 또 지갑에 넣을 돈은 어디 있으며 이런저런 생각이 복잡했다. 나는 지갑을 포기하고 집을 나설 때의 기분과는 전혀 다른 기분으로 시장을 봐서 돌아왔다. 그 이후 늘 아쉬운 마음으로 살았다. 바보처럼 사 달라는 얘기도 못 하고 그렇다고 살 줄도 모르고 누구에게 이야기도 못 하고 혼자 생각만 하고 지냈다.

　친정 둘째 언니에게 행사가 있어 축하하러 서울에 갔다. 모든 행사를 마치고 언니네 집에서 하루를 지내게 되었는데 언니가 받은 축하 선물로 많은 물품이 있었다. 그 중에 하나 눈에 띄는 게 있어 나도 모르게 집었다. 풀어보니 까만색 반지집이었다. 예쁘다 하면서 만지작거리고 있으니 언니가 얼른 눈치를 주면서 식구들 몰래 "맘에 들면 너 가져라." 하면서 손에 꼭 쥐어 주었다. 그때의 내 마음은 세상 어떤 갑부도 부럽지 않았다. 갖고 싶었던 지갑이었기에 받는 그 순간 어린아이처럼 좋아서 고맙다는 말도 못 하고 눈가만 촉촉해졌다.

　그때부터 지갑을 사용하지도 않고 돈을 넣었다 빼고 나갈 때는 그냥 호주머니에 넣고 나갔다. 지갑을 갖고 나가려니 불편하기도 하고 습관이 안 되어서 그런지 왠지 어색하고 내 몸에 맞지 않는 옷을 입은 것 같은 기분이 들었다. 서랍에 넣어 둔 지가 수년이 흘렀지만 변함없이 지금까지 꾸준하게 자리를 지키고 있다. 명품은 아니지만 그 이상으로 나를 행복하게 해 준 물건이기에 버리지 않았다. 언니의 사랑이 담겨있는 선물이라 서랍을 열 때마다 만져 본다.

지금은 지갑 속에 현금보다 카드를 많이 넣어 다닌다. 신분증, 신용카드, 포인트 카드 등등. 세월이 흐르고 보니 내가 사지 않아도 선물 받은 지갑이 몇 개가 된다. 그 중에서도 언니가 준 까만 지갑은 나에게 가장 큰 선물이다. 지금은 오래되어 사용 못 하게 입을 벌리고 있지만 그것을 버릴 수가 없어서 간직하고 있다. 고맙다는 인사는 못 했어도 항상 내 마음속엔 "언니야 예쁜 지갑 줘서 너무너무 고마웠어." 한다. 언니가 기억할 수 있을지 모르겠다. 하지만 내 마음은 그 지갑으로 인해 오랫동안 행복했다.

물속의 합창

오월 모내기 철이다. 보리타작을 끝내고 벼농사가 시작되는 바쁜 농촌이다. 농사를 모르는 사람들은 우리가 매일 먹는 양식이 어떻게 되어 나오는지 모르는 게 당연하다. 가을에 추수를, 여름에 보리타작을 하고 나면 모내기를 한다. 이웃끼리 품앗이도 하고 논두렁에 앉아서 새참과 점심을 먹으면 그 맛 또한 일품이다.

퇴근시간이다. 마을버스에서 내리는 순간 내 귀를 의심한다. 여기저기서 개굴개굴 울어대는 개구리의 합창이다. 아침에는 조용했는데 해가 지고 주변이 어두우니 개구리가 노래한다. 소리 나는 쪽을 바라본 나는 내 눈까지 의심스럽다. 아침에 별일 없던 논에는 벌써 모가 심어져서 아름다운 무대가 만들어져 있다. 관객과 주인공의 모습은 보이지 않지만 있는 힘을 다해 노래를 부르는 개구리들의 합창에 동네가 시끌벅적하다.

메말랐던 논에 물이 들어옴에 기쁨의 환호와 냇가에 엄마의 무덤을 만들어 비가 오거나 물이 있으면 엄마가 떠내려갈까 봐 노심초사 걱정하는 청개구리의 애절함까지 느껴진다. 하늘의 별빛과 외로이 서 있는 가로등을 조명삼아 아무도 없는 논두렁에 한참을 서 있다가 발길을 옮기니 나도 모르게 부모님을 따라 모를 심던 때가 생각난다.

빈 논에 물을 대고 모를 심기 위한 논갈이 작업부터 모를 심기까지는 며칠이 소요된다. 종자로 키워둔 아기모를 손으로 쪄서 논에 띄우고 줄을 맞추어 모를 심어야 하기에 한 줄에 여섯 명 정도 조를 짜서 일을 한다. 잘못 심으면 포기가 물위로 둥둥 뜨는 일도 발생하기 때문에 손가락 끝이 아프도록 눌러 꽂는다. 일을 끝내고 뒤를 돌아보면 경험자와 초보자의 수준이 결정된다. 모내기할 시기가 되면 서로 품앗이도 하고 객지에 나가서 지내는 형제 지인들까지 동원하는 게 농촌의 실정이다.

하루 일을 마치고 허리를 펼 때까지 꼼꼼하게 논바닥만 쳐다보며 모심기를 하고 나면 내 몸에 붙어있는 허리도 내 것이 아니다. 손이 늦으면 조원들에게 미안하기 때문에 곁눈질할 겨를도 없다. 그렇게 힘들게 일한 보람은 벼가 자리를 잡고 알알이 영글어 고개를 숙일 때 느낀다.

요즘은 일할 사람도 없거니와 기계가 처음부터 다 하기 때문에 사람의 손으로 모내기하는 모습은 찾아볼 수가 없다. 손놀림에 맞추어 부르는 노래는 힘든 농부들의 애환이 표출되는 듯하여 구슬프고 애절하지만 그 또한 농부들에게는 위안이 되기도 했다.

눈으로는 보이지 않는 개구리의 합창을 들으며 잠시 지난날들을 떠올려 봤다. 어디서 왔는지 알 수 없는 개구리들의 합창 소리가 동네를 시끄럽게 하는 게 싫지만은 않다. 그 소리가 세월이 가고 있음을 알려주기 때문이다. 물이 있어 즐거움도 있지만 엄마의 말을 듣지 않고 반대로 살아온 탕자 개구리의 뒤늦은 후회의 슬픈 노래로 가슴을 울린다.

불효자는 웁니다. 개굴개굴 개굴개굴.

나는 합창을 뒤로하고 집으로 향한다.

함께한다는 것

북유럽으로 여행 가자고 계획을 세운다. 우리나라에도 볼거리가 많은데 굳이 먼 나라로 가야 하느냐는 의견들이 있었지만 요즘은 해외여행이 대세라 너도나도 간다 하면 해외로 떠난다. 많지 않은 모임 중에 부부동반 모임이 하나 있다. 남편의 고교동창이라 긴 세월 형제처럼 친한 모임이다. 처음 시작할 때는 많은 가정이었는데 지금은 네 가정이 모인다.

어느덧 자녀들을 출가시키고 사회적, 경제적으로 조금은 여유가 있어서 여행을 하면서 여가를 즐기자는 생각을 가지고 있다. 해외든 국내든 함께 시간을 보내자는 뜻으로 의견이 모아졌고 그렇게 준비하고 있다. 살아온 환경과 생각은 달랐지만 오랜 시간 만나던 사이라 서로 이해하고 배려하는 마음이 예쁘고 호흡이 잘 맞다. 서로 의견을 모으는 가운데 7월에 북유럽을 가려고 예약을 마쳤고 추진 중에 있다. 좋기도 하지만 나는 걱정되는 게 있다. 입에 맞지 않는 음식과 잊지 못할 사건이 그것이다.

몇 년 전 중국 장가계를 거쳐 백두산을 다녀온 적이 있다. 버스도 많이 타고 걷기도 많이 해서 모두들 피곤하고 지친 일정이었다. 긴 여행에 힘은 들었지만 마지막 날 저녁이라 각자 숙소에서 짐을 정리하고 한 친구의 방에 모이기로 했다. 여행 마지막 밤이니까 아쉽기도 하고 피로도 풀 겸 차 한잔 하면서 시간을 보내자는 의견이 모아졌다. 짐을 정리하고 가려고 하는데 갑자기 남편이 안 가겠다고 했다. 피곤해서 그냥 방에서 쉬고 싶다 하는데 나는 기분이 좀 그랬다. 여기까지 와서 개인행동으로 다른 사람들에게 불편을 주는가 싶었다. 나는 모여서 놀고 싶은 마음에 혼자라도 간다고 했더니 가서 인사만 하고 오라는 남편의 말이었다. 조금만 있다가 가려고 한 것이 분위기에 취해 세 가정과 함께 이런저런 쌓였던 이야기를 하다 보니 시간이 꽤 흘렀다. 너무 진지하게 대화의 장이 열렸는데 도저히 빠져나올 수가 없어 어울리다 보니 자정이 넘어서 숙소로 돌아왔다.

남편은 잠도 안 자고 그때까지 기다렸는데 표정이 굳어있고 방 안에 냉기가 돌았다. 어차피 잠을 못 잘 거면 같이 놀았으면 좋으련만 나는 나대로 방 안의 냉기에 얼음이 되었다. 서로 뜬

눈으로 밤을 지내고 이른 아침 마지막 일정을 위해 우리 부부는 아무 일 없었던 것처럼 지냈지만 뭔가 모르게 침체된 분위기에 친구들도 눈치만 보는 것 같았다.

여행을 마치고 대구 공항에 도착했다. 남편이 먼저 입을 열었다.

"오늘 하루 나 때문에 미안했다."

사과의 의미로 저녁을 사겠다는 말에 식당으로 들어갔다. 헤어지기 전에 서로 마음을 풀 수 있어서 다행이었고 서로 웃으며 식사를 할 수 있어서 좋았다. 그 이후 모임 때 만나면 친구들은 가끔 남편을 놀리기도 한다. 남편도 여유있게 놀림을 받아 주고 있다.

일정이 긴 여행을 계획하면서 예전에 있었던 냉전을 떠올려 본다. 친구들과 함께한다는 것이 얼마나 좋은가. 나이를 먹어 갈수록 친구가 좋고 함께 여유를 즐길 수 있는 사람들이 옆에 있다는 게 행복이 아닐까 싶다. 그때 마지막 밤을 생각하니 아찔하기도 하고 우스꽝스럽기까지 하다. 왜 그렇게 자기 기분만 표현했는지 뜬금없이 물어보기도 한다. 그럴 때마다 남편은 나 때문이라고 핀잔을 준다.

여행은 계획을 세울 때 행복하고 여행을 하는 동안은 즐거우며 마지막 돌아오는 길은 가슴이 벅찬 평생 추억의 이야깃거리를 만들어야 한다. 이번 북유럽은 그렇게 되기를 기대하니 가슴이 설렌다.

짜장면 한 그릇

여행을 다니기 위한 모임이 있다. 네 명의 친구가 일 년에 한두 번은 바람을 쐬러 나간다.

직장에 매인 몸이라 공휴일이 아니면 시간 맞추기가 쉽지 않다. 공휴일이 다가오면 어디로 갈 것인지 서로 의견을 모은다. 6월 6일 현충일에 동해안으로 가기로 하고 준비를 한다. 승용차 한 대에 네 명이 움직이면 간편하면서도 즐거운 나들이가 된다. 간식 준비하고 거리에 따라 아침 일찍 출발해서 저녁에 돌아온다. 모든 준비를 마치고 최종 점검을 하는데 한 친구가 연락이 안 된다. 단체 톡으로 또는 개인으로 전화를 해도 감감무소식이다. 한참 후에 딩동, "엄마가 아파서 병원에 갔다."는 짧은 문자뿐이다.

우리는 친정엄마가 편찮으신 줄 알았다. 연세가 있으시니까. 나중에 안 일이지만 친구 딸이 보낸 문자인데 엄마가 아파서 병원 갔다는 것이다. 다른 친구들과 밤늦도록 의논한 결과 그냥 셋이서 다녀오자고 했다. 현충일 새벽에 우리는 강릉 바다부채 길을 향해 출발했다.

가면서 계속 아픈 친구에게 연락을 했지만 통화가 되지 않았다. 불편한 마음으로 떠나긴 했어도 넓은 바다를 보면서 오기를 잘했다는 의견이었다. 잠시나마 직장의 힘든 일과 가정을 잊어버리고 우리는 신나게 바닷가 길을 걸었다. 편도 한 시간을 걷고 돌아올 때는 버스를 타고 주차장으로 왔다. 너무 먼 거리라 일찍 서둘러 집으로 왔다.

친구는 놀러가기 전날 저녁에 갑자기 어지러워 병원에 입원을 했다고 했다. 귀와 전두엽 사이에 이상이 생겨서 그랬다고 하면서 자세한 이야기는 하지 않고 며칠 입원해서 검사하고 퇴원했다는 소식을 들었다. 아픈 사람 두고 우리끼리 갔다고 굉장히 서운했던 모양이었다. 만나면 쌩하니 지나가고 눈도 마주치지 않았다. 우리는 미안했고 그 친구의 마음을 이해하지만 불편한 사이가 되었다. 볼 때마다 상황을 이야기했지만 친구는 이해할 수 없다며 모임에서 탈퇴하겠다고 했다. 입장을 바꾸어 생각해 보면 나라도 화가 났을 것이다. 얼마나 미안하던지. 아무리 이해를 구하려 해도 화가 풀리지 않아 잠시 시간을 두었다.

머칠이 지난 뒤 전화를 하니 반갑게 받았다. "어, 웬일이야?" 하길래 내가 그리로 갈게 하고 친구네 집으로 갔다. 우리는 짜장면을 먹으며 이런저런 이야기를 했다. 친구는 모임에서 빠지겠다고 단호하게 말했지만 그날의 일을 정중히 사과하고 탈퇴는 안 된다고 했다. 그제야 친구의 서운했던 마음이 좀 풀어진 듯하여 내 마음도 편했다. 다음 여행 일정을 언급했더니 흔쾌히 대답했다. 참으로 친구가 고마웠다. 오랜 인연의 친구이기 때문에 더 미안했다. 짜장면과 차 한 잔의 여유로 많은 이야기를 나눴다. 이해해 줘서 고맙고 함께하기로 해서 그 시간이 행복했다.

한 친구가 빠짐으로 불편한 여행이긴 했지만 그로 인해 더 친한 사이가 되었다. 다음 여행지가 정해지면서 이번에는 네 명이 함께 짜장면을 먹기로 했다.

경고등과 물동이

아파트로 이사 온 지 수년이 흘렀
다. 처음에 집을 살까 하고 구경 갔는데 주방과 거실 사이 천장
에서 물이 뚝뚝 떨어졌다. 위층에서 보일러 배관이 상해서 물이
샌다는 세입자의 말이었다. 그 당시 주인은 따로 살고 있는 상
태여서 우리는 구경만 하러 갔는데 그 상황을 보고도 계약을 하
자는 남편의 고집이었다. 주변에서는 절대로 집 사면 안 된다고
했지만 그 고집을 꺾지 못했다. 결국 우리는 현재의 집으로 이
사를 하게 되었다.

올 수리를 해서 온다고는 했지만 중요한 것은 보일러 배관은
교체하지 않고 눈에 보이는 부분만 전체 수리를 했다. 위층에
이야기해서 배관 수리는 끝낸 터여서 더 이상 물이 샐 걱정은

없었다. 지금까지 괜찮은 상태다.

　이사를 하고 몇 년이 지나면서 새 보일러에 '물 보충'이라는 경고등이 켜지기 시작했다. 우리는 보일러 고장이라고 근 일 년이라는 기간 동안 서비스 요청해서 수리를 했다. 그래도 경고등이 켜지는 건 잡을 수가 없었다. 그제야 서비스 기사가 보일러 배관을 의심했다. 그 정도 이상이 있으면 아래층에서 물 폭탄을 맞았어야 하는데 아무런 반응이 없으니 참으로 이상한 일이었다. 우리 아파트 보일러 배관은 동파이프이기 때문에 오래되면 삭아서 구멍이 생길수도 있다고 했다.

　급하게 설비기사를 불러 배관 청소를 의뢰했다. 처음에는 아무런 이상이 없었는데 하루가 채 지나기 전에 '딩동' 하는 벨이 울렸다. 아래층 아저씨가 놀란 표정으로 집 천장에 물이 샌다는 것이다. 얼른 내려가 보니 정말 거실 천장 벽지가 축축하니 젖어 있었다. 먼저 죄송하다는 말부터 하고 바로 수리를 할 테니 기다려 달라고 양해를 구했다.

　우리는 또 한 번 전체 수리를 하고자 이사를 했다. 궁금해서 한 번씩 들러봤는데 바닥 공사를 할 때는 시멘트를 빨리 말리기 위해 현관문을 활짝 열어놓는다고 한다. 어릴 때 시골집에 구들장 새로 놓으면서 방문을 열어놓고 잠을 잔 적이 있었는데 도둑이 들어와서 내가 가장 아끼던 꽃송이가 달린 예쁜 스웨터를 훔쳐간 일이 떠올랐다. 엄마가 사 준 새 옷인데 생각할수록 아까운 옷이다. 시골에는 함석으로 만든 대문이 많고 담장은 낮아서 아이들도 충분히 넘어 다닐 수 있는 높이였다. 또 대문이 없는 집도 많았으며 소리 나지 않는 나무로 만든 대문이 많았다. 보안상태도 좋지 않았을뿐더러 다급해도 전화도 할 수 없는 시절이었다.

한밤중에 '불이야 불이야' 하는 외침 소리가 들리면 잠옷 바람으로 물동이를 들고 소리 나는 쪽으로 달려간다. 온 동네가 어수선하고 시끌벅적 한바탕 난리다. 불 끄려고 물동이 들고 나가면 불이 난 게 아니고 어떤 집에 도둑이 들어 소를 훔쳐 갔다는 것이다. 허탈한 기분으로 집으로 와보면 혼란한 틈을 이용해서 또 다른 집에도 도둑이 들어 가재도구랑 옷을 훔쳐 갔다. 사람들은 도둑을 맞으면 도둑이야 라고 하지 않고 불이야 라고 하는 게 이상해서 어른들께 물어본 적이 있다. 그 이유는 도둑이라 하면 동네사람 아무도 나오지 않지만 불이야 하면 모두가 물동이를 들고 달려 나온다는 것이다.

어릴 때 부모님 따라 현장으로 가 본 적이 있는데 다들 모여 웅성웅성하면서 도둑을 쫓아가기도 했다. 농촌에서는 낮에 힘들게 일하고 더울 때면 방문을 활짝 열어놓고 자는데 도둑이 들어와서 다 가져가도 모르도록 깊은 잠을 잔다. 요즘 시골은 보안이 철저하고 담장이 높으며 현대식 주택이라 도둑이 들어갈수가 없다. 불이야 라고 소리쳐도 물동이 들고 나올 사람이 없다. 소박한 시골 인심을 찾아볼 수 없는 시대를 살아가는 우리와 자녀들 아파트가 그렇다. 앞집에 어떤 사람이 살고 있는지도 모르는 안타까운 현실에 도둑을 잡겠다는 몽둥이와 불을 끄겠다는 물동이를 들고 나갈 수 있는 사람이 얼마나 있을까. 아침 일찍 일어나 키보다 낮은 담장 너머로 이웃집을 바라보며 밤새 안부를 물을 수 있는 정겨운 이웃이 되었으면 좋겠다. 깜빡거리며 위험을 알리는 무언의 경고와 소리치며 자신의 다급함을 알렸을 때 내가 먼저 빈 물동이라도 들고 달려갈 수 있을까를 생각해 본다.

집 수리가 마무리되고 새롭게 단장한 집에 묵은 살림살이를 넣고 보니 변한 건 아무것도 없다. 그래도 기분은 좋다. 겨울이 되니 보온이 잘 되어 한결 따뜻하다. 아무런 고장도 아닌 보일러 부품만 교체한 셈이다. 이사 후 다음 날 보일러 서비스 기사가 방문을 했다. 일 년 동안 고장의 원인을 보일러에서 찾지 못했기 때문에 수리가 끝났으니 궁금해서 온 것이다. 마지막으로 바닥 공사를 했고 원인을 찾았기에 기사와 나는 아무 말 하지 않고 멋쩍게 웃기만 했다. 그 이후로 지금까지 보일러에서는 '물 보충' 이라는 경고등은 켜지지 않는다.

월급날

매월 25일은 월급날이다. 직장인이라면 누구나 기다려지는 날이다. 한 달 열심히 일하고 그 대가를 손에 쥐게 되면 온 세상을 다 가진 듯한 기분이다. 아침에 출근해서 몇 분의 선생님들과 차를 마시고 있는데 사무실에 근무하는 30대 후반의 남자 직원이 싱글벙글 입꼬리가 귀에 걸릴 듯이 웃으며 출근한다. 함께 차를 나누며

"오늘이 월급날인데 지금까지 제 생애에 처음 받는 월급입니다. 개인 사업을 하면서 직원들 월급 주기는 했어도 받는 건 처음이라 기분이 너무 좋습니다. 제가 커피 쏘겠습니다."

하는 말에 힘이 있고 당당함에 어깨가 으쓱한다. 함께한 선생들이 좋다고 엄지 척을 하며 각자의 근무처로 간다.

80년대에 처음 직장에 들어갔을 때다. 아무것도 모르고 시키는 대로 하다 보니 한 달이 되고 월급날이 되어 누런 봉투를 받으니 현금이 들어 있었다. 요즘은 통장으로 입금이 되지만 그 시절에는 돈을 직접 받았다. 많은 사람들이 현장에서 사무실에서 힘들게 일해서 받은 돈이지만 그날 저녁만큼은 마음도 넉넉하고 집으로 돌아가는 발걸음도 가벼웠다.

월급을 받은 나는 곧바로 집으로 와서 봉투째로 부모님께 드렸다. 하고 싶은 공부를 못 하게 해서 미안하셨는지 고생했다면서 첫 월급이니 네가 필요한 데 쓰라며 용돈을 넉넉히 주셨다. 용돈을 받고 기뻐해야 할 내 마음은 아쉬움이 더 많았다. 나에게 필요한 건 돈보다 대학교에 보내주는 것인데 여자는 대학 공부 안 해도 된다는 아버지의 고집 때문에 직장에 간 것이다. 요즘같이 근로자의 임금이 얼마라고 책정된 것은 아니지만 대체로 중소기업 나름대로의 임금기준이 있었다. 최저 8만 원에서 시작하는데 나는 15만 원을 받았다. 꽤 괜찮은 월급이었다.

생애 첫 월급을 받고 커피를 쏘겠다는 직원은 한 가정의 가장이며 두 아이의 아빠다. 처음 받아보는 월급이라 누구보다 마음이 설렌다고 한다. 젊은 나이에 개인 사업을 하다가 경기가 침체되어 일을 접고 남의 집에서 일한 만큼 월급을 받는 입장이 되고 보니 마음이 뿌듯하고 또 일을 할 수 있어서 너무 좋다고 한다. 하루를 시작하는 아침에 한 잔의 커피를 마시며 행복해하는 동료들을 보니 나도 덩달아 기분이 좋다. 몇 시간 후면 통장에 돈이 들어온다. 첫 월급을 받는 젊은 직원은 퇴근 후 가족에게 어떤 선물을 들고 갈까 궁금하다.

민간요법

웃어른들의 지혜가 신기할 때가 많다. 친구들과 이야기를 주고받다가 한 친구가 말한다. 세 살짜리 외손녀가 가끔 이불에 오줌을 싼다는 것이다. 그 나이에는 그럴 수도 있다고 했지만 요즘 아이들은 영리하고 똑똑해서 일찍 앞가림을 한다는 쪽으로 의견이 모아진다. 신체적으로 문제가 없다면 충분히 스스로 해결이 된다면서 웃어른들의 지혜가 생각나서 말을 꺼낸다.

우리가 사는 동네는 시골이다. 유아시절 밤에 오줌을 싸면 이른 아침에 콩 타작해서 까부는 키를 머리에 쓰고 옆집에 소금을 꾸러 가는 풍습이 있었다. 엄마들이 그렇게 시켰기 때문에 우리는 아무 소리 못 하고 가면 이웃집 어른이 불 지피는 부지

깽이로 머리에 쓴 키를 한 대 때리면서 "간밤에 이불에 쉬했구나." 했다. 한 대 맞고는 화가 나서 씩씩거리며 집으로 오면 다시는 오줌을 안 싼다는 양법이 있다고 했다. 과학적으로 검증된 일은 아니지만 어른들의 지혜에서 나온 듯하다고 했더니 고개를 끄덕였다. 반신반의하면서 그렇게 하고 싶어도 주택이 아니라 모두 아파트 생활을 하니 타작하는 키도 없고 이웃집에 갈 수도 없는 형편이라고 마무리했다.

이야기를 하면서 나는 실제로 아들에게 시켜 본 일이 생각나서 피식 웃었다. 둘째아들이 네 살 때였다. 잠시도 쉬지 않고 골목을 뛰어다니며 놀더니 하루는 이불에다 쉬를 해서 그림을 그려 놓았다. 몹시 고단했거나 악몽을 꾸었는지 알 수는 없지만 아침에 일어나서 얼굴을 들지 못하고 조심스럽게 나를 부르며 바지를 가리킨다. 얼른 옷을 갈아입히고 심부름 아닌 심부름을 보냈다. 시골처럼 키는 없지만 밥공기 하나를 주면서 옆집 할머니께 가서 소금 좀 주세요 하라고 시켰다. 기분 좋게 갔는데 소금은 얻지 못하고 눈치 빠른 할머니가 엉덩이를 한 대 때리면서 "너 어젯밤에 이불에 쉬 했구나." 했다. 아들이 씩씩거리며 부엌에 오더니 밥공기를 온 힘을 다해 바닥에 집어던지며 울음을 터뜨렸다. 그 뒤로는 이불에 그림을 그리는 일은 없었다. 민간 요법의 효과인지는 모르겠으나 전해 내려오는 어른들의 삶의 지혜가 아닐까 생각한다.

친구들과 헤어지면서 할 수 있으면 한번 해 보라고 말을 하니 불가능한 일이라고 한다. 그 아이의 엄마조차 이해할 수 없는 세대이기 때문이다. 가끔 아들에게 지난 일을 이야기하면 어머니가 거짓말을 한다고 대화의 판을 뒤집어 버린다. 그러면서 한바탕 웃고 지나간다.

연지못

늦은 오후 시간 오랜만에 산책을 나섰다. 매일 새벽 친구와 걷던 길이지만 지금은 혼자서 걸어본다. 비가 올 거라는 일기예보와는 달리 날씨가 제법 화창한데 바람이 많이 분다. 비바람인지 가을바람인지는 모르겠으나 세찬 바람이 옷깃을 여미게 한다.

우리 동네는 크고 작은 연못이 여러 개 있다. 그 중에서 가장 크고 산책로가 잘 되어 있으며 지금도 공원을 조성해 가고 있는 것이 연지못이다.

연지못은 작년부터 경산시에서 수변 생태원으로 지정했다. 연지못의 아름다운 경관과 생태적인 환경을 체험할 수 있도록 조성하고 있는 수변 생태원이다. 바람 따라 연꽃들이 한들거리고 자연의 향내음을 맡으며 가족이나 친구들과 힐링할 수 있는 공간을 만들고 있다. 7~8월이 되면 연꽃이 만발하는데 그 풍경 또한 장관을 이룬다.

연꽃은 수련과에 속한다. 꽃대가 먼저 올라오고 꽃을 피우며 암술과 암술대가 발달하여 꽃잎이 떨어지면 노란 수술이 돋아난다. 연꽃잎이 활짝 피면 그 속에서 임당수에 몸을 던진 효녀 심청이가 예쁜 모습으로 아버지 심봉사를 만나려고 짠~ 하고 나타나는 모습을 연상하곤 한다.

연꽃은 여러해살이 풀이다. 땅 속 줄기는 옆으로 길게 뻗는데 가을이 끝날 무렵에는 그 끝이 커져 연근이 만들어진다. 또 연꽃의 열매인 연밥은 음식의 재료로도 쓰이지만 그냥 먹어도 맛이 있다. 식감으로는 생밤을 먹는 느낌이지만 하나씩 까면서 먹는 재미도 쏠쏠하다. 이제는 찬 서리를 맞아 새까맣게 색이 변했지만 고왔던 자태가 고스란히 스며있어 색 바랜 연밥도 운치가 있다.

주변을 돌아보니 연못가 군데군데 낚시꾼들이 앉았던 빈자리가 보인다. 새들의 쉼터가 되어 있는 모습을 보니 고인이 되신 친정아버지가 생각난다. 얼굴은 어렴풋이 기억나는데 낚싯대를 메고 나가시는 모습은 생생하다. 젊은 시절부터 낚시를 좋아하셨던 아버지는 거의 매일같이 미끼용으로 지렁이를 잡아오라고 하셨다. 요즘은 낚시 백화점에서 필요한 만큼 사면 되지만 내가 초등학교 시절에는 틈만 나면 지렁이를 잡으러 다녔다. 취미 생활 하신 아버지야 즐거우셨겠지만 정말 그 일이 싫었다. 친구들과 놀아야 하는데 낚싯밥 때문에 못 논다고 짜증도 내고 투정도 부렸다.

당시에는 낚시 대회도 있어서 대어大魚를 낚은 아버지는 상금도 받고 부상으로 생활용품도 받아 오셨지만 엄마와 나는 달가워하지 않았다. 아버지가 평소에 물고기 한 마리만 잡아도 그것으로 요리를 하라 해서 엄마를 힘들게 했기 때문이다. 지금 생각하니 왜 그랬을까 하는 생각이 든다. 막내라고 많은 사랑을 주셨음에도 아버지의 마음을 헤아리지 못한 내가 죄송하다. 많은 시간이 흘렀지만 마음속으로 외쳐본다. '아버지 죄송합니다. 사실은 아버지가 자랑스러웠어요.' 라고.

연꽃은 없지만 바람에 못 이겨 마음껏 춤을 추는 갈대와 물억새가 나를 반겨준다. 갈대와 억새는 그냥 보면 구별하기가 어렵다. 갈대는 잎이 억새보다 넓고 부드러우며 줄기는 속이 비어 있어 마디에는 수염뿌리가 난다. 갈대꽃은 9~10월에 피며 자주색에서 담황색으로 변한다. 한국을 비롯한 온대와 한대에서 분포하는가 하면, 억새는 물가의 습지에서 자생을 하는데 잎 가장자리에 잔 톱니가 있다. 잎 가운데는 흰색의 잎맥이 있으며 줄기는 속이 차 있고 마디가 짧고 많다. 억새는 한국, 일본, 중국 북부, 아무르시베리아 동부에 분포지가 있다. 이런 야생화들이 연못 둘레를 우아하게 장식을 하고 있어 걷는 이들이 꾸며 놓은 무대 위를 걷는 듯 착각을 할 때도 있다.

새벽 공기와는 다르게 하루를 마무리하는 시간이라 주변은 조용하다. 혼자서 걸어보는 것도 얼마 만인가. 못 둘레가 꽤나 큰 것 같은데 한 바퀴 도는데 빠른 걸음으로 30분이 걸린다. 산책로를 걷다보니 또 한 사람이 생각난다. 환경미화원도 아니고 건강한 사람도 아닌데 날마다 주변을 청소하는 아저씨다. 한 사람의 헌신적인 봉사로 쾌적한 환경의 산책을 할 수 있었음에도 나는 감사할 줄 모르고 무심히 지나치곤 했다. 지금 옆에 계시지는 않지만 건강하셨으면 하고 마음으로 기원했다.

생쥐와 비둘기

사람이나 동물이나 서로의 갈 길이 따로 있는 것 같다. 부재료 냉장창고에 들어서는 순간 사방 구석을 둘러본다. 철저하게 문단속을 했지만 혹시라도 몰래 숨어 들어 온 생쥐라도 있을까 봐 긴장하며 발걸음을 옮긴다. '자라 보고 놀란 가슴 솥뚜껑 보고도 놀란다'는 말이 있듯이 한 마리의 생쥐와 비둘기로 인해 소동이 일어난 적이 있기 때문이다.

음식 부재료를 저장하는 냉장창고였다. 퇴근을 하려고 정리를 하는데 갑자기 팰릿 밑으로 뭔가가 쏜살같이 달려가는 게 보였다. 조심스럽게 다가갔다. 인기척을 듣고는 후다닥 자리를 옮겼다. 그다지 크지도 않은 생쥐 한 마리가 들어온 것이었다. 퇴근이 임박했지만 그냥 나올 수가 없어 같이 일하는 사람들을 불렀다. 비상이 걸린 것이다. 모든 신선한 야채와 양념류가 들어 있는 냉장창고인데 생쥐가 웬 말이냐. 몇 명의 사원들이 함께 소탕작전에 들어갔다.

팰릿을 치워 가면서 온갖 도구를 동원하여 설쳐 봤지만 잡을 수가 없었다. 서로 의논하기를 저녁을 먹고 다시 시작하자 해서 짬뽕을 시켜 먹었다. 생쥐 한 마리 때문에 연장근무를 해야 하니 어이가 없지만 그냥 둘 수가 없는 상황이라 그렇게 결정했다. 덕분에 맛있는 저녁도 먹었다. 완전무장하고 전투에 나가는 군인 정신으로 두 시간을 결투한 끝에 결국 잡는 데 성공했다. 대단한 일이라도 한 듯 환호를 지르며 승리의 개가를 불렀다. 이 상황을 먼저 퇴근한 동료들에게 문자로 연락을 했다.

〈공지〉
양념실 서생원 축 사망 현재 입관 중
발인은 내일 아침 9시 현장에서 진행함

연락을 받은 사람들의 반응은 각각 달랐다. 생쥐가 아닌 서생원이라 했으니 놀라서 누구냐고 묻는 사람, 축하한다고 격려하는 사람 등 한바탕 해프닝을 벌이고 가벼운 마음으로 퇴근을 했다. 생쥐는 먹을 것을 찾아 살려고 들어왔는데 사람의 눈에 띄는 바람에 결국 죽음의 길을 갔다.

또 다른 생명체인 비둘기가 있다. 몽골의 전통가옥 게르에서 하룻밤을 지낼 때였다. 울란바토르 밤하늘 별들이 너무나 아름다워 함께한 일행 몇 명이 밖에서 목이 부러져라 하늘을 쳐다보고 있는데 갑자기 방에서 비명소리가 들렸다. 모두 놀라 뛰어갔더니 일행 한 사람이 겁에 질린 듯 벌벌 떨면서 손가락으로 침대 밑을 가리키며 서 있었다. 살며시 다가가는 순간 퍼드덕하며 자리를 옮기는 것이 비둘기 한 마리였다.

우리는 쫓아내려고 별짓을 다했지만 어떻게 할 수가 없어 숙소 관리인에게 연락을 했다. 몽골 현지인이 달려왔다. 관리인의 손길에 비둘기는 살아서 밖으로·나갔다. 그제야 놀란 가슴을 진정시키며 하는 말.

"비둘기가 수컷인가 봐. 밤이라 세수하고 몸단장하고 있을 때 들어온 거 보니까. 짜식, 이쁜 건 알아서."

농담을 하며 언제 그랬냐는 듯 밤하늘의 별을 보며 깔깔 웃었다.

똑같은 불청객으로 들어왔지만 생쥐는 죽어서 나가고 비둘기는 살아서 나갔다. 불공평한 현실이 아닌가 싶다. 우리는 어떤가. 생쥐일까 비둘기일까. 별똥별이 움직이며 그림을 그린다. 생각도 잠시 별빛에 취해 시간 가는 줄 모른다.

호박죽

더위를 식히기에는 부족하지만 오랜만에 한줄기 단비가 쏟아진다. 휴가도 어느덧 지나가는 것 같은데 이번 주말에 아들들이 온다고 한다. 더우니 오지 말라고 했지만 기꺼이 오겠다 하니 한편으로는 좋다. 행사가 있는 것도 아닌데 서로 의논을 한 모양이다. 이틀간의 만남이지만 식구들이 모이니 먹는 즐거움도 있어야 한다.

갑자기 바빠졌다. 비록 자식들이긴 하지만 멀리 떨어져 살고 자주 만날 수가 없는 형편이라 한 번씩 온다 하면 손님맞이하듯 대청소를 한다. 남편이 한마디 던진다.

"애들 자주 오라고 해야겠다. 그래야 집이 좀 깨끗해지지."

틀린 말이 아니다. 대충 살다가 바쁘게 정리한다. 평소와는 다르게 냉장고 안도 정리한다. 무엇을 해야 하나, 좋아하는 반찬이라도 하려고 찾아보는데 누렇게 익은 늙은 호박이 잘 다듬어져 꽁꽁 얼어 있는 게 보였다. 날씨는 덥지만 이참에 호박죽이나 끓여보자 하고 준비한다.

초가지붕 위에 누렇게 익은 늙은 호박이 주인의 손길을 기다리고 있는 모습이 눈에 선하다. 한여름에는 연녹색의 푸른 애기 호박이 주렁주렁 달려서 하나 따다가 볶아서 잔치국수에 얹어서 먹고 호박잎은 새파랗게 쪄서 된장에 쌈을 싸먹는 촌스러운 풍경을 생각하며 손길은 바빠진다.

인심 좋은 시골 사람들은 호박을 이리저리 나눠먹기가 바쁜데 요즘은 한 개라도 팔아서 돈을 마련하는 금전만능 주의가 되어서 사지 않으면 그냥 구경하기가 어렵다. 특히 늙은 호박은 산모의 붓기를 없애주는 데 특효라고 한다. 나도 아기를 낳고 어머님이 해 주신 호박소주를 먹은 기억이 난다. 그래서 요즘은 호박도 제법 인기가 있다. 나도 먹었지만 큰며느리가 애기를 낳았을 때 똑같이 호박소주를 만들어 주었다. 그냥 어른들이 좋다 하니까 따라 해 보니 그 기분도 괜찮았다.

어릴 때 엄마는 호박죽이 아니라 호박범벅이라 하여 찹쌀가루로 수제비도 만들어 넣고 했는데 나는 갑자기 준비한 것이라 콩만 넣고 믹서기에 쌀을 갈아 죽으로 끓였다. 친정 엄마가 끓

여준 호박범벅보다는 못하지만 그런대로 먹을 만하다.

애들이 온다 하니까 남편도 좋은가 보다. 안 하던 전화까지 해서 뭐 하고 있는지 저녁은 뭘 준비 하냐고 나의 일상을 묻는다. 평상시에는 말이 없던 시어머님까지 손자들을 기다린다. 다이어트에 관심이 많은 큰아들 내외, 아무리 먹어도 고기가 좋다는 둘째네. 이렇게 음식문화가 다른 식구들이 같이 온다니 마음이 분주하다.

호박죽은 인기가 좋았다. 손이 가는 음식이라 어른 아이 할 것 없이 반가웠던 모양이다. 또한 냉동실도 비우고 한 끼 식사도 해결했으니 기분이 상쾌했다. 이제는 아이들이 좋아하는 고기반찬으로 저녁 준비를 한다. 음식문화는 다르지만 함께 모여 정을 나누는 가족임에는 변함이 없다.

단기 선교

이번 청년부 단기 선교는 몽골의 수도인 울란바토르로 가게 되었다. 한 번도 아닌 두 번씩이나 갈 기회가 주어진 셈이다. 주변 사람들에게 부러움의 눈길을 받기도 했지만 가정주부로서, 또 여자의 몸으로 청년들을 인솔해서 갈 수 있겠느냐는 걱정의 눈으로 바라보는 사람들도 있었다. 교사 3명에 청년단원 14명이 팀원이 되어 출발했다.

신비의 땅 몽골은 끝없는 고원과 사막을 지나면 유목민의 흔적이 서린 검붉은 대지가 모습을 드러낸다. 끝없이 펼쳐진 초원에는 양과 염소와 말들이 사람들의 눈을 즐겁게 해 준다. 드문드문 유목민들이 거주하는 게르의 모습도 눈에 띈다. 교통수단은 다양하다. 버스와 전차, 택시가 구분되어 있지 않고 승용차가 손님을 태우면 택시가 되는 식이다. 화폐는 몽골화 투그릭이 지만 달러나 우리나라 돈으로도 물건을 살 수가 있다.

첫 번째 몽골 울란바토르는 10년 전 중, 고등학생을 데리고 30명이 다녀왔다. 당시에는 숙박시설이 열악하여 방학 중인 초등학교 교실에서 지냈고 음식도 직접 해서 먹었다. 물이 귀한 지역이라 아침저녁이 되면 물과의 전쟁을 치러야 했다. 올해처럼 폭염은 아니지만 봉사하는 낮 시간은 엄청 더웠다. 우리가 찾아산 농네는 시골마을이었는데 집집마다 대문과 담장에 페인트를 칠해주며 시간을 보냈다. 집에서는 곱게만 자랐던 아이들이었지만 그곳에서는 몸을 아끼지 않는 일꾼이 되어 현지인들에게 대견하다는 칭찬을 들었다. 언어는 통하지 않았지만 눈빛과 몸짓으로 현지 아이들과 소통이 되었고 함께 어울릴 때 서로가 감격하는 모습이 아름다웠다. 철없는 학생이 아닌 어엿한 청소년의 모습으로 스스로 용기를 얻고 하고자 하는 의욕을 보이며 피곤함도 잊은 채 4박 5일의 마지막 날 테렐지 국립공원에서 밤하늘의 별을 보며 하룻밤을 보냈다.

이번에는 성인이 된 청년들과 함께하는 봉사라 마음이 좀 편한 건 사실이다. 인천 공항에서 저녁 7시 비행기를 타고 울란바토르에 도착하니 밤 11시였다. 인솔할 담당자를 만나 숙소에 도착하니 예전의 숙소와는 비교도 안 되는 한국인이 운영하는 게스트하우스였다. 인원이 많아서 지하방 두 개로 짐을 풀었다.

늦은 시간이지만 다음 날 진행할 일정에 대해 점검하고 서로 체크하는 모습을 보면서 가슴이 뭉클했다. 5박 6일의 일정을 잘 마무리하기 위해 열심히 준비했는데 마지막까지 하나라도 놓칠세라 살피는 그들의 마음이 얼마나 예쁘고 대견한지 책임 교사로서 감사했다. 나는 여청년들과 함께 방을 쓰면서 어른은 나 혼자라 도리어 내가 그들의 보호를 받으며 지냈다.

첫째 날 일정은 어린이 여름 행사에 참여해서 우리 청년들 주관으로 워십댄스 무언극 네일아트 페이스페인팅 풍선아트로 팀별 나누어 진행했다. 나는 식사와 부족한 부분을 채워주는 예비 팀이었다. 이곳저곳 돌아보며 도와주는 내 몫은 편했다. 다행히 한국의 날씨와는 다르게 시원한 편이었다.

점심은 그 지역의 전통음식인 양고기를 넣은 군만두였다. 기름기가 너무 많아 먹는 것이 겁이 났다. 예전에 찐만두를 먹고 아이들이 배탈로 고생하는 것을 보았기 때문에 선뜻 먹을 수가 없어 한국에서 준비해 간 컵라면을 먹고 오후 일정까지 무사히 마무리했다. 저녁에는 초가을 날씨처럼 쌀쌀해서 긴 옷과 두꺼운 이불을 덮고 자면서 대구의 폭염을 잊어버렸다.

다음 날은 어린이 봉사를 마무리하면서 장년들을 맞이할 준비를 했다. 비록 언어는 다르지만 마음은 하나라는 걸 느끼게 해 준 그곳 주민들과 아이들이 고마웠다.

우리가 도착한 마을은 비포장도로의 시골마을인데 승용차들이 얼마나 많이 다니는지 먼지 때문에 숨을 제대로 쉴 수가 없을 정도였다. 역시나 물이 귀해서 손 씻을 물도 돈으로 사야 하는 형편이었다. 오후에는 팀별로 나누어 동네 주변을 돌아보았다. 함석으로 된 대문과 나무판자로 세워진 담장 안을 들여다보면서 문을 두드렸다. 비록 보기에는 초라한 동네지만 밝은 모습으로 우리를 맞아주는 주민들을 볼 때 아직 순수함이 있어 보여 좋았다. 거기에 비하면 우리는 얼마나 많은 것을 누리며 살고 있는지 새삼 돌아보는 시간들이었다. 다행히 30분 거리의 숙소에는 물이 풍족해서 먹는 물 외엔 마음껏 쓸 수가 있었다. 힘든 하루의 일정이었지만 맡은 바 책임을 다하는 청년들의 모습을 보면서 함께 오기를 참 잘했다는 생각이 들었다.

가을향기
이**처**르

3부

당신의 어깨

높은 차에 오르니 확 트인 도로가 눈에 들어왔다. 소녀처럼 가슴이 설레어 콧노래가 저절로 흘러 나왔다. 물끄러미 쳐다보던 남편이 '그렇게 좋으냐' 고 묻기에 '너무 좋다' 고 했다. 남편도 나를 흉내 내어 '너무 좋다' 고 했다. 워낙 위험한 일이라 가족이 함께 다니면 안 되는데 당신과 함께 오니 졸음도 안 오고 지겹지도 않고 좋다고 말하는 남편의 얼굴 표정이 내가 보기에도 정말 좋아 보였다

보고 싶은 얼굴

한 해를 보내고 새해를 맞으려니 해야 할 일들이 얼마나 많은지 정신이 없다. 그 중에서도 나에게는 우선적으로 마음이 끌리는 한 사람이 있다. 지금은 고인이 되셔서 하늘나라 가셨지만 내 마음속에는 항상 살아 계시는 시아버님이시다. 외동 며느리라고 유난히도 예뻐해 주신 아버님. 생각만 해도 가슴에 사무치는 분이다.

멀리 살고 있는 큰아들네가 다니러 왔다. 아이들 방학도 했고 아들이 또 직장에서 승진도 해서 인사차 들른 것이다. 나는 설레는 마음으로 할아버지 뵈러 가자고 했다. 아버님은 현재 국립영천호국원에 안장해 계신다. 6.25 참전 용사로 호국원에 모시게 되었다.

국립영천호국원은 나라와 겨레를 위하여 희생한 국가유공자의 충의와 위훈을 기리고 후손들에게 나라사랑 정신을 함양시키는 대구 경북 유일의 국립묘지이다. 아이들과 함께 호국원을 찾아 비록 사진이지만 충령당에 모신 아버님을 뵈었다. 손주들은 얼굴도 모르는 왕할아버지께 엽서를 써서 하늘나라 우체통에 넣는다고 신바람이 났다.

사진 속의 아버님은 언제나 웃으신다. 나는 눈시울을 적셨지만 아버님은 기다렸다는 듯이 인자한 모습으로 "우리 애미 왔구나" 하는 음성이 들리는 듯하다. 자주 찾아뵙지 못해 죄송한 마음이 들었지만 자녀들이 모이면 부담 없이 찾아오는 호국원이다. 깨끗하고 넓은 공간이라 아이들이 뛰어놀기에 좋은 곳이기도 하다.

나는 한참 동안 아버님의 얼굴을 바라본다. 금방이라도 가까이 오셔서 손을 잡아 주실 것만 같다.

"또 오겠습니다. 아버님."

인사를 한 뒤 호국원을 나선다.

두려운 마음

한 장 남은 달력을 보면서 새해에 일어날 일들을 생각한다. 세월이 참 빠르다. 한 해를 보내며 나를 돌아본다. 보잘것없는 내가 교회 주일학교 교사로 봉사한 시간들을 보면 까마득하다. 맨 처음 유년부에서 시작해서 중등부로, 그러다 유치부장으로 봉사했다. 연말이 되니 새해부터는 제1 청년부 부장으로 봉사하라는 부탁이다. 가장 어린 아이에서 제일 큰 청년부라니 좀 당황스러웠다. 일주일간의 여유를 줄 테니 답을 달라는 것이다.

나는 두려웠다. 유년부에서는 초등학교 3학년을 맡았다. 내 나이도 젊을 때지만 학교에서나 가정에서도 아이들이 순하고 착해서 선생님 말이라면 잘 따랐다. 집에 데려다가 간식을 해 먹이며 아이들과 함께했다. 무엇보다 아이들의 기억에 남은 것은 우리 집 화장실로 재래식이라 무서웠지만 신기하게 생각했다. 그 아이들이 결혼하고 아이의 엄마가 되었다. 가끔 만나면 그때가 재밌고 좋았다고 할 때 내 마음도 뿌듯하다.

중등부로 바뀌면서 처음 만난 아이들은 하나같이 입을 다물고 휴대폰만 쳐다보고 만지작거리는 감당이 안 되는 상황이었다. 오죽했으면 중학생을 외계인이라 할까. 나는 열정직으로 최선을 다했다. 아이들의 마음이 움직였다. 진심은 통한다고 서서히 마음을 열어갈 때쯤 일본으로 몽골로 단기 선교를 떠나게 되었다. 집을 떠나 타국에서 우리는 하나가 되었다. 돌아와서는 부모님들보다 더 친밀한 관계로 발전했다. 몇 년 후에는 6~7세의 유치부장으로 임명받았다.

8년 전 새해 첫 주에 유치부로 갔다. 삼십여 명의 아이들이 뛰어노는데 어수선하면서도 귀여웠다. 조용한 중등부에 있다가 갑자기 환경이 바뀌어서 걱정이 앞섰다. 시간이 되어 강단에 섰다. 땀을 뻘뻘 흘리며 뛰어놀던 아이들이 선생님의 말 한마디에 얌전히 제자리에 앉았다. 나를 바라보는 눈동자는 빛이 났다. 고개 숙인 중학생들과는 다르게 조용하고 똘똘한 눈망울로 쳐다보는데 마음이 울컥했다. 천사 같았다.

열한 명의 선생님들과 한결같은 마음으로 아이들을 양육해서 유년부로 올려 보내기를 8년. 이제는 청년부로 가라는 것이었다. 대학생들과 직장인들이 모이는 곳이다. 내가 할 수 있을까를 염려할 때 할 수 있다고 용기를 주는 사람, 가장 예민하고 힘든 부서라 걱정하는 사람 등 내가 가정과 직장에 매인 사람이기 때문에 다양한 시선으로 바라봤다. 청년부가 삼 년마다 실시하는 단기 선교를 이번에 가야 하기 때문이었다. 걱정하는 만큼 나를 사랑하는 사람들이 주변에 많이 있다고 생각하니 마음이 뿌듯했다.

한 주간을 고민하고 청년부에 가기로 했다. 맡길 사람이 없어서 어렵게 부탁했는데 수락해 주어서 고맙다고 했다. 다른 때와는 달리 두렵고 떨리는 마음으로 받아들였다. 해가 바뀌기 전 임명받고 전임 부장과 담당 교역자, 총무선생님과 함께 식사자리를 가졌다. 인사하는 자리인 만큼 서로 공감대가 형성되는 것 같아서 마음이 가벼웠다.

짧은 만남이었지만 한 해를 이끌어 갈 목표와 어떻게 하면 청년들의 마음을 움직일 수 있을까를 고민하는 교역자를 보면서 마음이 든든했다. 송년을 보내고 새해 첫 주 두렵고 떨리는 마음으로 집을 나선다. 유치부와는 너무 다른 환경이다. 다들 성인이라 더 긴장이 된다. 청년부실로 갔다. 중등부 때 함께했던 낯익은 얼굴들이 많이 보인다. 좀 어색하긴 했지만 반갑게 맞아주어서 고마웠다. 유치부와는 다르게 모든 순서가 자체적으로 진행되어 내가 해야 할 일은 별로 없다. 교역자님의 첫 설교 제목이자 주제는 '젊음을 아름답게 인생을 가치 있게' 이다. 마음에 쏙 든다. 청년들에게 잘 어울리는 주제다.

사회자가 두 분 선생님을 소개한다고 부른다. 마이크를 잡으니 아무런 생각이 안 난다. 조심스럽게 나를 소개하고 "앞으로 여러분들과 공감대를 형성하는 친구가 되고 싶다. 부장과 학생이 아닌 언제 어디서든 편하게 만나고 밥 먹을 수 있는 친구가 되어 줄 수 있냐?"고 물으니 박수로 회답한다. 청년부 구성은 담당교역자 부장 총무선생님 이렇게 셋이다. 청년은 20세에서 26세까지 대학생과 직장인이다. 주제처럼 젊음은 그 자체가 아름답다. 마음 생각 행동 말의 품격이 갖추어진다면 가치 있는 인생이다.

사람으로 인해 상처받고 동기들 간에 서로 힘들어하는 친구들을 보듬으면서 사랑으로 하나 될 때 정말 괜찮은 청년부라는 자부심을 가질 수 있는 멋진 청년 공동체가 되기를 기대한다. 두렵고 떨렸던 마음이 청년들의 따뜻한 환영으로 봄눈 녹듯 편안한 마음으로 첫 시간을 보냈다.

수필 스케치

　　　　　　　　하루하루가 다르게 변해가는 자연
의 신비를 느끼게 하는 가을, 문우들과 수필 스케치를 떠난다.
며칠 전부터 마음이 설레어 날씨가 어떨지, 급한 볼일이 생기지
는 않을까 걱정하고 있는데 이사를 한 큰아들한테서 주말에 다
녀가라는 연락이 왔다. 나는 행사가 있어 못 간다고 말했지만
남편의 마음을 살폈다. 시월에 중국 북경 간다고 계획을 세웠다
가 사정상 못 갔는데 또 그럴까 봐 애를 태우는데 남편이 내 마
음을 알았는지

　"북경도 못 갔는데 이번 수필 스케치는 가야지."

　하며 애들 집에는 다음에 가면 된다고 해서 고마웠다. 소풍
날을 기다리는 어린아이처럼 가벼운 마음으로 나섰다.

소풍 하면 김밥이다. 김밥이 참 귀한 시절이 있었다. 어머니께서 어렵게 구한 단무지, 계란을 넣고 대충 말아서 예쁘지도 않은 못난이 김밥이지만 도시락에 넣어주면 그것도 좋아서 어쩔 줄 몰라 했는데 요즘의 김밥은 모양도 예쁘고 종류도 다양하다. 바쁜 현대인들의 가장 편리한 식사다. 어디서든 마음대로 구할 수 있는 김밥이 된 것이다.

수필 스케치에는 김밥은 없어도 맛있는 식사가 준비된다. 날짜는 다가왔는데 아침 일찍 출발한다는 공지사항이다. 우리 집에서 학교까지의 거리는 꽤 멀다. 첫 차를 타고 가도 출발 시간을 맞추기 힘들다. 걱정도 잠깐, 간절하면 이루어지는가 싶다. 지난달 결혼한 둘째아들 내외가 다니러 온다는 것이다. 당일 아침 학교까지 태워다 주어서 반가운 얼굴들을 볼 수 있으며 행사에 참석할 수 있어서 너무 좋다. 교실에서만 만나고 함께 공부하던 선배님, 여러 동료 문우님들과 함께 스케치를 떠나게 되니 얼마나 유익한 시간일지 잘 알기 때문에 더 행복한 아침이다. 차창 밖으로 보이는 아침 풍경과 스쳐 지나가는 산들의 단풍이 마치 나를 기다린다는 듯 반갑다고 손짓해서 더 아름답다. 일정표를 보니 내장산에 들렀다가 백양사로 간다고 했는데 교통이 혼잡한 관계로 백양사부터 들른다고 한다. 나는 어디를 가든지 처음 가는 곳이라 많은 기대감에 부풀어 있었다. 이른 아침 출발이라 아침밥은 휴게소에 들러 미리 준비한 시래기 국밥 한 그

룻으로 대체하고 백양사 목적지에 도착했다.

울긋불긋 아름다운 단풍들이 우리를 기다린다 싶어 빨리 내리고 싶은데 전국 각지에서 얼마나 많은 사람들이 모여드는지 주차공간이 모자라 한참을 헤매야 하는 불편함이 있었다. 수많은 사람들을 친구 삼아 서둘러 산행을 시작했다. 이번 스케치는 그냥 구경 온 것이 아니다. 매번 그랬듯이 자연을 통해 또 하나의 글감을 찾아보자는 수업의 연장이고 체험학습의 시간이다. 열심히 눈으로 보고 가슴으로 느끼고 머릿속에 그림을 그렸지만 뚜렷한 결과는 보이지 않은 채 백양사 일대를 둘러보고 내장산으로 향했다.

굽이굽이 돌아가는 산길을 지나 내장산에 도착했다. 단풍이 절정이라는 소식을 접한 많은 사람들로 인산인해를 이룬다. 서로 부딪히며 먼저 가려고 빠른 걸음을 더 빨리 재촉한다. 시간의 여유가 없어 짧은 거리에 산행을 마치고 눈으로 단풍을 그리며 돌아오는 차에 몸을 실었다.

내장산의 단풍이 소문대로 예쁘긴 했다. 그러나 뭔가 허전한 마음을 떨칠 수가 없었다. 돌아가서 무엇을 글로 담아야 할까, 혼자서 마음이 쓰였다. 빨리 이 복잡한 산길을 빠져나가야 하기에 창밖을 내다보며 이리저리 고개를 돌리는 순간 산 중턱에 너무나 빨갛게 물든 석양이 눈에 띄었다.

내장산의 단풍이 아무리 빨갛게 물들었다 해도 서쪽으로 기우는 저녁노을의 석양만 할까. 어쩜 저렇게도 아름다울까. 나도 모르게 감탄의 목소리가 나왔다. 우~와 하루를 보내는 아쉬움 치고는 너무나 아름다운 자태를 뽐내고 있었다. 금방이라도 활활 타오를 것만 같은 일몰이었다. 어디서 저렇게 강렬한 빛을 발할 수 있을까 싶었다. 빨갛게 달아오른 석양이 굽이 길을 돌 때마다 산 뒤로 숨었다가 나타났다 하는 모습이 전통혼례식장에 연지곤지 찍고 수줍은 얼굴에 홍조를 띠고 신랑을 기다리는 새색시 같기도 했다. 신랑이 궁금해서 너울 위로 살포시 훔쳐보는 새색시의 빨개진 얼굴과도 같은 일몰이 참으로 아름다웠다. 매년 새해가 되면 일출을 보고 소원을 빈다고 그 복잡한 길도 마다않고 동해안으로 떠나는 많은 사람들이 어쩜 저런 아름다움을 보기 위함인지도 모른다.

아침에 뜨는 해도 찬란하지만 저녁에 지는 해는 더 위대한 것 같다. 돌아오는 시간도 즐거웠다. 선생님을 비롯해서 선배님, 동료 문우님들의 대화 속에서도 가을을 느끼게 하는 따뜻한 마음을 알았고 이 행사를 위해 수고하신 여러 선생님들의 헌신을 통해 수필의 진정한 의미를 깨닫게 하는 멋진 가을 수필 스케치이었다. 이제 마지막 휴게소에 들러 저녁을 먹어야 하는데 미리 준비해 간 국수였다. 모두들 한 그릇씩 받아들고 맛있게 먹는 모습이 행복해 보였다. 그 행복의 메뉴는 바로 밤하늘 둥근 달을 품은 잔치국수다.

연휴 끝자락

　명절 연휴는 즐거우면서도 피곤한 휴일이기도 하다. 타 지역에 사는 자녀들과 친지들의 얼굴을 볼 수 있어서 행복한 마음으로 맞이하기에 분주하다. 모든 부모들의 마음이 다 그러하다. 보름달처럼 풍성하고 넉넉한 마음으로 최선을 다해서 준비하고 기다린다. 올해는 연휴가 길어서 도로 정체 현상이 수월하다는 것을 방송을 통해 듣는다.

　요즘은 많은 사람들이 명절 연휴를 틈타 여행을 떠나기도 한다. 나도 한 번 가보고 싶은 곳이 있어서 기회만 보고 있는데 서울에 사는 지인으로부터 급한 연락이 왔다. 급성 뇌경색으로 입원했다고 한다. 마음이 급해서 다음 날 바로 병원으로 가니 다행히 막혔던 혈관이 뚫려서 마비 증세는 오지 않았다는 반가운

소리를 듣고 함께 동행한 사람들과 가벼운 마음으로 병원을 나선다. 먼 길을 단숨에 달려 왔다가 그냥 가기 서운해서 주변에 있는 원주 소금산 출렁다리를 건너보자고 의견이 모아진다. 이제부터는 여행길이다. 나만 가는 곳이 아닌데도 왜 이렇게 마음이 설레는지 구름에 몸을 실은 기분이다.

원주시 지정면 간현리에 있는 소금산은 해발 343미터로 수려한 자연 경관을 가진 명산이다. 송강 정철의 '관동별곡'에도 소개된 간현에 자리 잡은 소금산은 기암괴석과 맑은 강물, 울창한 숲과 넓은 백사장으로 천혜의 자연경관을 간직한 곳이다. 치악산의 명성에 가려 많은 사람에게 알려지지는 않았지만 등산 애호가들 사이에는 '작은 금강산'이라는 평가를 받으며 사랑받고 있다.

간현 유원지 주차장에서 소금 산교를 건너 삼산천 계곡을 따라 정상부 쉼터를 오르면 소금산의 아름다운 자연경관을 한 눈에 조망할 수 있다. 정상에 오른 후 다시 산을 내려오면서 기암괴석으로 둘러싸인 개미 둥지골에 들어서면 암벽등반으로 유명한 간현암이 나온다. 현재 5곳 50개의 암벽 등반 코스가 개발되어 있어 산을 좋아하고 암벽등반을 즐기는 사람들에게는 최적의 코스라고 할 수 있다. 연중무휴이고 입장료가 있다.

출렁다리까지는 20분을 걸어가야 한다는 말에 열심히 걸었다. 잠시 후에 나무계단으로 잘 만들어진 길을 500미터나 올라

가서 목표지점에 도달한다. 연휴는 끝났지만 남녀노소 나이를 불문하고 많은 사람들이 여가를 즐기고 있다. 가을이긴 하지만 땀을 뻘뻘 흘리며 한 계단 한 계단 올라가는 사람들 속에 우리도 열심히 올라간다. 주변이 너무나 깨끗하고 높은 산에 올라보니 세상을 다 얻은 듯 기분이 상쾌하다. 관광객을 유치한다는 소식이 알려졌을 때부터 가보고 싶은 곳이어서 너무 좋았다. 이런 기회가 오리라 생각도 못 했는데 갑작스럽게 여행까지 하게 되어 참 좋다.

함께 간 사람들도 좋아하니 우리는 다리 입구에서와 건너가서 인증사진을 찍으며 어린아이처럼 기뻤다. 시원한 가을바람을 마음껏 들이켜고 내려오면서 길가의 상가에 준비한 특산물과 여러 가지 상품들을 구경하다가 상인의 유혹을 뿌리칠 수 없어 과자도 샀다. 처음 입장권을 구매할 때 원주 시민은 천 원 그 외는 삼천 원이라 하여 네 명의 표를 사면서 우스갯소리로 우리도 살기 좋은 원주로 이사 와야겠네 했더니 고맙다고 상품권 이천 원짜리 넉 장을 줬다. 우리만 주는 줄 알았는데 뒤돌아보니 모든 사람에게 다 적용되는 상품권이다. 결국은 상권을 살리기 위한 수단임을 늦게야 알게 되었다. 참 괜찮은 아이디어라고 생각하며 다시 한번 산을 바라보는데 해가 서산으로 넘어갈 준비를 한다. 저녁을 먹자고 했더니 갈 길이 바쁘니 가다가 휴게소에서 해결하자고 해서 차에 몸을 실었다.

계획된 일은 아니었지만 꼭 가보고 싶은 곳이라 너무 좋았다. 함께한 지인들도 덕분에 좋은 구경 했다고 서로 입을 모았다. 다행히 병원에 계신 분도 상태가 양호하고, 입원실이 없어서 응급실에 계속 대기하고 있어야 한다는 말을 듣고 왔는데 병실로 옮겼다는 소식이 전해져서 마음이 가벼웠다.

연휴 끝자락이라 도로도 한산하고 먼 거리이긴 하지만 하루 일과를 알차게 보내게 되어 배고픈 줄도 모르고 차는 달리는데 어느덧 주변에는 어둠이 깔리고 있다.

가을 냄새

이슬비가 오는듯한 안개를 헤치고 새벽길을 나섰다. 매일 아침 걷는 길이지만 오늘따라 유난히 안개가 짙다. 앞이 보이지 않는 안개 사이로 아주 오래전 느껴 보았던 익숙한 냄새가 코를 자극한다. 어린 시절 부모님이 누렇게 익은 벼를 수확하기 전에 좀 일찍 벴다. 껍질째 가마솥에 푸욱 삶아서 찐쌀을 만들어 주시던 그 구수한 냄새다. 얼마나 구수한지 찐쌀을 그냥도 먹었지만 명절에 튀겨서 강정을 만들어 먹기도 했다.

봄에 비가 오지 않아 땅은 갈라지고 물이 없어 모내기 못 한 논을 바라보며 안타까워했다. 어느새 벼들이 자라 알알이 영글어 고개를 숙이고 구수한 특유의 향기로 사람들의 발걸음을 멈추게 할 즈음 아침 햇살에 못 이긴 안개가 자취를 감춘다. 어쩜 연극 무대에 가려진 커튼이 열리는 것처럼 안개 사이로 먼 산 중턱에 커다란 해가 자태를 뽐내고 있다.

가을은 참 예쁘다. 자연이라는 무대 위에 수많은 배우들이 서로 주인공이 되고자 경쟁을 한다. 높은 하늘은 흰 구름 뭉게뭉게 수를 놓고 노랗게 물들어 가는 은행나무를 울타리 삼아 벼가 누렇게 익어서 고개를 숙인다. 황금 들녘을 바라볼 때 그 누구도 아닌 내가 바로 주인공이 되어 춤을 추듯 발걸음이 가볍다. 고개를 숙인 벼들을 보면서 겸손을 생각했고 수확을 앞둔 농부들의 수고가 마음에 와닿았다.

아버지를 따라 들에 나가서 모내기를 하고 때가 되어 벼를 베고 학교 쉬는 주말이면 부모님을 도와서 타작을 해야 했던 그 시절에는 시골에 사는 것이 너무나 싫었다. 도시에 사는 친구들이 많이 부러웠다. 일 시키는 아버지를 원망도 했다. 오빠들은 공부한다고 시내로 다 보내고 막내인 나를, 그것도 딸인데 많은 일을 시켰다. 그렇게 농사라도 지었으니 자녀들 공부시키고 먹고 사는 데 걱정이 없었다. 농촌생활이 다 그렇다. 고생만 하신 부모님 생각하면 마음이 짠하다. 내가 어른이 되고 보니 조금이나마 부모님의 마음이 이해된다.

잘 익은 벼를 보니 윤기가 흐르는 햅쌀밥이 생각난다. 갑자기 배가 고프다. 연약한 몸매의 억새는 나를 위로하기 위해 춤을 추고, 감나무밭의 노란 감들은 식욕을 자극하는 풍성하고도 상쾌한 아침이다. 나도 모르게 잘 익은 한 개의 감을 손에 쥐었다. 배고픔의 양식이 되었다. 오늘따라 유난히 화창한 가을은 그 냄새 또한 향기롭다. 어느 누군가의 수고로 황금빛 무대가 만들어졌다. 논길 사이로 햇살이 눈부시다. 부지런히 발걸음을 옮긴다. 가을은 참 예쁘다.

주인 마음

　　　　　　　　　　　　　　　한나절이 다 되어 가는데 언니한테
서 전화가 왔다. 다급한 목소리다.

"너 어디고? 시간 되면 지금 빨리 우리 동네 대추 주우러 온
나." 비 오기 전에 빨리 주워야 하는데 일손이 없다는 것이다.
가겠다고 대답은 했지만 누구네 밭인지 어디로 가야 하는지조
차 물어보지도 못한 채 집을 나선다. 전화를 다시 하자 그때서
야 언니네 집 근처 버스정류장에 도착하면 주인이 데리러 갈 거
라고 말한다. 바쁜 걸음으로 현장에 도착하니 정오이다. 일찍
온 사람들은 벌써 한나절 일을 한 상태이다.

　대추밭에 들어서니 여러 종류의 대추들이 줄을 지어 늘어서
있다. 아삭하면서 달콤한 사과대추, 단맛보다 신맛이 강한 동글

동글한 대추, 가난한 양반들의 허기를 면하고 보고도 안 먹으면 늙는다는 길쭉한 대추들이 우리의 손을 기다리고 있다. 대추의 종류가 이렇게 많은 줄도 미처 몰랐다. 먼저 온 일꾼들과 함께 점심을 먹고 대추를 줍기 시작한다.

먼저 대추나무 사이 고랑에다 까만 부직포를 깔아 놓고 힘이 센 남자들이 장비를 들고 나무를 흔든다. 힘에 못 이겨 떨어지는 대추와 잎이 눈 내리듯 우르르 부직포 위로 쏟아진다. 뒤를 이어 바람을 일으키는 기계로 떨어진 잎을 날려 보낸다. 잎 속에 숨어있던 빨갛고 새파란 대추들이 방긋이 웃으며 모습을 드러낸다. 초롱초롱 빛나는 눈망울로 빨리 잡아 주기를 기다리는 대추의 모습이 너무 예쁘다. 누가 먼저랄 것도 없이 준비된 도구를 이용해 대추를 줍기 시작한다.

주인도 낯설고 함께 일하는 사람들도 초면이라 어색한 가운데 유일하게 언니가 있어서 다행이다. 어떻게 시작해야 할지 몰라 망설이고 있는데 언니가 일 순서를 알려준다. 옆 사람 쳐다볼 겨를도 없이 재빠르게 대추를 줍는다. 앉아서 하는 일이라 허리가 약한 나는 아예 무릎을 꿇고 땅만 바라보며 부지런히 줍는다. 주인이 내게 와서

"이렇게 손이 빠른데 왜 이제야 알게 되었을까."

하며 재빠른 손을 칭찬한다.

이마에 땀이 흘러 감당할 수가 없을 정도지만 품삯을 받는

일이라 열심을 다한다. 금방이라도 비가 쏟아질 것 같은 구름이 가득한 날씨가 일하는 데는 오히려 도움이 된다. 부직포가 깔린 자리를 마무리하고 나무와 나무 사이에 떨어진 대추를 줍는다. 흙이 있는 맨땅이라 하나씩 주워야 하는 어려움이 있다. 힘은 들지만 뒤돌아보면 지나온 자리는 깨끗해져 있어서 마음이 흐뭇하다.

대추를 주우면서 신기한 것을 본다. 옛날에는 대추를 털 때 기다란 장대로 나무를 때려가며 흔들고 수확이 끝나면 농사 안 짓는 사람들이 이삭을 주우러 다녔다. 부지런한 사람들은 이삭만 주워도 일 년 양식은 되는데 요즘은 기계로 흔들어 버리니 이삭 주울 게 없다. 대추밭이 밀집해 있는 지역이라 곳곳에 사람들이 모여 대추를 줍는다. 함께 일하는 사람들 중에는 나이가 많은 할머니, 말이 통하지 않는 외국인 남녀, 인력시장을 통해 멀리서 온 아주머니들도 있다. 참으로 귀한 일꾼들이다. 경쟁이라도 하듯 기계소리와 사람들의 알아들을 수 없는 소리에 주변이 시끌벅적하다.

어느새 마무리할 시간이 왔다. 대추나무 밑에 놓인 컨테이너 상자에 대추가 수북수북 담겨져 주인을 기다리고 있다. 20킬로가 넘는 상자를 차에 싣고 또 다른 제품창고로 이동하면 그곳에서 상품을 선별한다. 추석에 햇과일로 사용 될 풋대추만 고르고 나면 전량 모두 건조시켜 등급별로 용도에 맞게 출하가 된다.

시간에 맞춰 일이 끝난다. 다음 날에도 해 줄 수 있냐는 주인의 말에 선약이 있어 못 도와드린다고 하니 아쉬운 표정이다. 꽤나 많은 수고비를 주면서 고맙다고 인사까지 한다.

품삯을 받아 집으로 오면서 문득 다른 사람의 품삯이 궁금해졌다. 늦게 온 내게도 이렇게 많은 돈을 주는데 아침 일찍 온 사람들은 얼마를 받을까? 어쩌면 다른 사람들도 나의 임금에 대해 궁금하지 않을까?

성경에 나오는 포도밭 품꾼의 비유가 생각났다. 주인이 하루 한 데나리온씩 주기로 품꾼들과 약속하고 일꾼들을 포도밭으로 보냈다. 그런데 일이 끝나자 주인은 아침 일찍 온 자와 반나절 뒤에 온 자 그리고 일이 끝날 무렵에 온 자에게 똑같이 한 데나리온씩을 주었다. 먼저 온 자들이 주인을 원망하며 나중에 온 자는 한 시간밖에 일하지 않았는데 종일 일한 우리와 같이 주느냐고 불평을 했다. 주인이 대답하기를

"너는 나와 하루 한 데나리온을 약속하지 않았느냐, 나는 그 약속을 지켰다. 나머지는 내 뜻대로 한 것이다. 주인의 마음이다."

인간의 욕심을 경계한 말씀이리라. 나는 왜 남의 품삯이 궁금해질까. 짧은 시간 동안 힘은 들었지만 능력도 인정받고 생각보다 많은 수고비를 받지 않았는가. 기분도 좋고 발걸음도 가볍다. 비 온다고 걱정한 하늘을 보니 구름 한 점 없고 저녁 바람이 시원하다.

하트가 뽕뽕뽕

에앵~ 에앵~ 소방차가 지나간다. 계절이 바뀌면 유난히 화재가 많다. 얼마 전에도 대형 화재로 인해 많은 인명 피해가 생겼는데 가슴 아픈 일이다. 소방차를 보면 생각나는 웃음보따리가 있다.

매년 여름 방학이 되면 찾아오는 예쁜 꽃들이 있다. 7세와 5세의 자매 꽃이다. 방학이 아니면 함께 보내는 시간이 짧다. 아이들이 올 때쯤 되면 미리 휴가를 쓰든지 해서 시간을 비워 둔다. 아이들도 일주일간의 방학을 시골 할머니 댁에서 보낸다고 좋아한다.

지난 여름방학 때의 일이다. 시골이라 특별히 놀아줄 장소나 공원이 별로 없다. 키즈카페 달성공원 동물원 어린이 회관 등

매일매일 가다 보니 이제는 갈 곳이 없었다. 시골이니까 전통 재래시장을 한번 가 보자고 해서 집을 나섰다.

시장 입구에서 횡단보도를 건너기 위해 손을 잡고 건너는데 신호를 받고 서 있는 119 사다리차 운전하는 아저씨가 아이들이 손을 들고 건너니까 예뻤는지 손을 흔들면서 환하게 웃었다. 그때 큰손녀가 아저씨와 눈이 마주쳤다. 순간 얼굴이 빨개지면서 어쩔 줄 몰라 했다. 그 광경을 본 동생이 이때다 싶었는지

"할머니 언니야 얼굴 좀 봐요, 빨개졌어요. 언니야가 아저씨 사랑하나 봐요. 언니야 눈에서 하트가 뿅뿅뿅 나와요, 할머니."

하는데 그것도 두 손을 눈에다 대고 하트 모션까지 하면서 약을 올렸다. 큰 애는

"아니야, 그게 아니라고~"

소리치면서 얼굴은 더 빨개졌다. 두 아이의 모습을 보면서 얼마나 우습던지 소리 내어 크게 웃었다. 동생은 걸어가면서 계속 손으로 하트를 그리며 '언니야 눈에서 하트가 뿅뿅뿅' 했다.

사랑을 하면 눈에서 하트가 나오고 사랑을 하면 얼굴이 빨개지고 가슴이 따뜻해진다는 동생의 이야기가 신기했다. 그 말에 부끄러워 얼굴이 빨개지는 언니를 바라보며

"너희들이 사랑을 알아?"

물었더니 둘 다 안다고 대답한다. 어떻게 아느냐고 했더니 어린이집 선생님이 이야기해 주셨다고 했다. 철없는 아이들이

라 수업시간에 시간만 때우는가 싶었는데 그래도 선생님의 말씀을 귀담아 들어서 기특했다.

재래시장에 들러 야채와 생선과 꽃게를 보면서 동요까지 부른다. 시장을 한 바퀴 돌고 나니 배가 고프다. 날씨는 따뜻하지만 국화빵 굽는 냄새가 우리의 발걸음을 멈추게 한다. 누가 먼저랄 것도 없이 빵을 먹는다. 허기는 면했다. 집으로 돌아오는 버스 안에서도 언니의 사랑 이야기는 계속되었다. 언니를 놀려 먹는 재미를 아는지 재잘대는 동생에게 "아니라니까" 변명하며 약 올라 하는 언니는 계속 얼굴이 붉으락푸르락했다. 집에 도착한 우리는 119 아저씨와의 이야기로 또 한 번 웃었다.

하루의 일들을 이야기하며 신바람이 난 두 자매 꽃을 쳐다보며 나 역시 흐뭇했다. 이성 간의 사랑이 아닌 119 아저씨와 언니의 친근한 표현 때문에 많이 웃었다. 손을 들고 교통법규를 잘 지키는 어린아이들이 예뻐서 아저씨가 손을 흔들며 웃어준 것뿐인데 아이들에게는 많은 이야깃거리가 되었고 재미있었다. 계절과 상관없이 곳곳에서 화재로 인해 고생하는 소방관 아저씨들의 수고에 감사의 마음 보낸다.

당신의 어깨

　　　　　　새벽잠을 뒤로하고 습관처럼 알람
소리에 잠을 깬다. 옆 자리를 확인한 순간 등짝을 얻어맞은 듯
발딱 일어난다. 남편은 어느새 출근 준비를 마쳤다.

"좀 더 자. 오늘은 일찍 나가야 해."

문을 나서는 그 어깨가 유난히 무거워 보이는 것은 남편이
일하는 현장에 다녀오면서부터다.

누구나 성인이 되면 각자의 적성에 맞는 일을 갖지만 본인의
전공하고는 전혀 다른 직업을 갖기도 한다. 전기과를 졸업한 남
편은 28톤 덤프트럭을 운전하는 자영업자다. 차가 너무 크고 높
아서 덩치 작은 남편이 운전대에 앉으면 머리만 겨우 보일 정도
이다.

'저렇게 쪼매한 사람이 큰 차를 우째 몰고 다니냐'며 주변에서 우스갯소리를 하기도 한다.

짐을 싣고 전국으로 다니기를 수년이 지났지만 지금까지 변함이 없다. 포항제철에서 철을 뽑아내고 남은 재료를 강원도에 있는 시멘트 공장에 가져다 주고 또 다른 지역으로 이동해서 철을 뽑을 수 있는 돌들을 싣고 제철 공장으로 운반하는 일이다.

큰 불평 없이 일을 하는 남편을 보면서 큰 차를 타고 전국으로 다니니까 재미는 있겠다고 생각해 온 나는 한 번쯤은 조수석에 태워 거리 풍경이라도 구경시켜 주지 않은 남편이 야속했다. 힘은 들겠지만 최소한 바깥세상에는 꽃도 피고 낙엽도 질 게 아닌가. 남편은 완강했다. 하루 종일 차를 타고 이동하기 때문에 힘들고 위험하다는 이유였다. 편하게 집에서 책이나 읽고 공부나 하라고 했다. 유난히 책 읽기를 좋아하고 학구열이 남다른 남편은 말끝마다 책 읽기를 권했지만 나는 서운했다. 자기는 바다도 보고 산도 즐길 거면서 아내한테는 글이나 읽으라니 조선시대도 아니고.

혼자서 아침을 먹는 둥 마는 둥 하고 있는데 남편에게서 전화가 왔다. 차에 기름을 넣어야 하는데 카드를 안 가지고 왔다는 것이다. 아차 어제 내가 잠깐 쓰고는 잊어버리고 그냥 보냈으니 낭패가 아닐 수 없었다. 유류 할인 카드라 꼭 필요하니 경주 시외버스터미널 앞에서 만나자는 약속을 했다.

나는 마음이 바빠졌다. 드디어 기회가 온 것이다. 화창한 날씨에 데이트를 하게 되어 하늘을 날 듯 기분이 좋았다. 껌딱지처럼 붙어 삼척으로 출발하기로 마음먹었다.

목적지까지는 4시간 정도 걸린다고 했다. 높은 차에 오르니 확 트인 도로가 눈에 들어왔다. 소녀처럼 가슴이 설레어 콧노래가 저절로 흘러 나왔다. 물끄러미 쳐다보던 남편이 '그렇게 좋으냐'고 묻기에 '너무 좋다'고 했다. 남편도 나를 흉내 내어 '너무 좋다'고 했다. 워낙 위험한 일이라 가족이 함께 다니면 안 되는데 당신과 함께 오니 졸음도 안 오고 지겹지도 않고 좋다고 말하는 남편의 얼굴 표정이 내가 보기에도 정말 좋아 보였다.

어느덧 목적지가 보인다. 높은 산길을 올라가는데 낭떠러지가 코앞이라 긴장이 되는 순간이다. 조금 전의 들뜬 기분이 갑자기 얼어붙어 주변을 살핀다. 운전하는 남편도 긴장된 얼굴로 앞을 집중한다. 시멘트 공장이라 먼지도 많이 나고 환경오염이 심하기 때문에 동네를 벗어나 산 속에 자리하고 있어서 위험한 길이다.

짐을 하차하는 장소에 도착하자 담당자가 나와서 뭐라고 지시사항을 전하는데 때로는 갑질을 하는 경우도 있는 모양이었다. 게다가 덤프를 들기 위해서는 안전하게 차를 세워야 한다. 아차 잘못하면 차 전체가 뒤집어지는 위험이 따른다. 나는 차에서 내리지도 못하고 벌을 서듯 지켜만 보는데 온몸이 얼음이 된 듯 굳어지는 느낌이다. 남편은 짐을 내리기 전 마스크와 안전모를 쓰고 안전화까지 신은 채 기계를 작동하기 위해 여러 번 차에 올라온다. 등짝은 어느새 땀으로 얼룩이 진다.

나는 갑자기 남편에게 미안한 마음이 든다. 현장을 보면서, 남편이 앉아서 운전을 하는 의자를 보면서 지금까지 내가 너무 안일한 생각을 했구나 하며 철없이 굴었던 나의 모습을 생각해 본다.

결혼과 동시에 시부모님 모시고 시누이 둘과 함께 살아오면서 나의 어깨가 가장 무겁다고 생각해 왔다. 혼자서 속상해하다가 혼자서 풀고 우울하게 살아온 세월이 얼마였던가. 남편의 성실함도 고지식하게 느껴지고 빈틈없는 성격마저도 갑갑하게 생각되었던 적이 한 두 번이었던가. 이제야 알겠다. 남편의 어깨가 얼마나 무거웠던지를. 날마다 자기보다 덩치 큰 차를 다루며 먼지와 낭떠러지를 오가며 가족을 지켜왔음을.

짐을 하차하고 덤프가 내려오는 소리에 밖을 내다보니 뿌연 먼지가 시야를 가린다. 이제는 산을 내려와 철을 뽑기 위한 원료를 실으러 장소를 이동한다. 모래일 수도 있고 자갈돌을 실을 때도 있다고 한다. 남편은 짐을 싣기 위해 정해진 장소로 들어간다. 자동 시스템으로 짐을 싣는데 30톤을 초과해서는 안 된다. 그러나 본의 아니게 욕심을 내어 정해진 표준량을 초과할 때도 있다고 한다. 화물차가 많이 달리는 도로에는 과적을 단속하기 위해 계근대를 준비해 두고 있는데 거기에 걸리게 되면 불이익을 당할 수도 있다.

현장에서 중량초과가 확인되면 차 위로 올라가서 삽으로 퍼내려야 한다. 얼마나 무겁고 힘든 일인지 한겨울에도 땀을 뻘뻘 흘린다고 하면서 더러는 힘에 부쳐 운전대 잡을 힘조차 없을 때도 있다고 했다. 나는 갑자기 그의 어깨에 기대어 펑펑 울고 싶은 충동을 느꼈다.

돌아오는 길에는 휴게소에 들러 저녁도 먹고 커피도 함께 마셨다. 일을 무사히 마치고 난 후련함일까, 남편은 소년처럼

"늦은 밤 휴게소에서 혼자 먹는 밥이 정말 싫은데 오늘은 당신 덕분에 힘들지 않고 밥까지 먹으니 너무 좋다."

갑자기 내 눈에 눈물이 핑 돈다. 남편이 볼까 봐 얼른 고개를 돌리며

"그럼 오늘부터 내가 당신 조수 하는 건 어때?"

고지식한 나의 남편 화들짝 놀라며

"안 돼, 위험해. 어머니는 어떻게 하고?"

그렇구나, 당신의 어깨에는 어머니까지 얹혀 있구나. 나는 말없이 그의 어깨에 얼굴을 묻었다. 칠흑 같은 밤을 헤치고 덩치 큰 차로 전진하는 그의 모습이 산처럼 크고 높아 보였다.

엘리베이터 추억

사람은 누구나 생각지도 못한 곳에서 실수를 하게 된다. 지금 살고 있는 집은 21층 아파트이다. 우리 집이 6층이라 하루에 몇 번이나 엘리베이터를 타고 내린다. 오늘도 외출을 하고자 집을 나선다. 엘리베이터를 타고 한참 후 딩동 하는 소리와 함께 문이 열리자 얼른 내리려고 발을 든다. 문 앞에서 "20층입니다." 하는 소리에 정신이 번쩍 났다. 엘리베이터를 타고 1층 내려가는 버튼을 누르지 않았던 것이다.

"아, 예."

함께 탄 사람과 멋쩍은 미소로 인사했다. 같이 내려오면서 쑥스러워서 혼자 쓴웃음을 지었다.

오래 전에 있었던 일이다. 지금도 그 일로 인해 친구들이 나를 놀리듯 이야기한다. 가정주부인 다섯 명의 친구가 크로마하프를 배우기로 했다. 다들 바쁘지만 열심히 배우고 연습했다. 그 당시 나는 오빠가 경영하는 회사에서 일을 하고 있었다. 한 사람도 낙오자 없이 연습한 결과 크로마하프 연주로 보람 있는 일을 하자는 의견이 모아졌다. 지인의 소개로 대구의료원 정신병동에서 환자들을 위로하는 연주를 하게 되었다.

봉사는 주말이 아닌 평일이다. 나는 봉사를 가기 위해 새벽 3시에 출근해서 책임량을 해 놓고 연주하러 갔다. 쉬는 날 없이 바빴지만 보람도 있었다. 비록 환자들 앞이긴 하지만 초보자가 서툰 솜씨로 연주한다는 게 쉬운 일이 아니었다. 똑같은 옷을 입고 연주하면 환자들도 박수치며 노래까지 따라 부른다. 우리가 위로를 하는 것이 아니라 위로를 받고 온다. 계속해서 봉사를 가던 중 다른 병동에서 연주해 달라는 요청이 있어서 흔쾌히 그러겠노라 하고 이동을 하는 중이었다.

발도 보이지 않는 긴 치마의 연주복을 입고 한 손에는 악기를 다른 한 손에는 보면대와 악보를 들고 엘리베이터를 탔다. 3층에서 내려야 하는데 맨 안쪽에 서 있던 나는 미처 내리지도 못하고 문이 닫혔다. 버튼 누를 손도 없을 뿐 순식간에 일어난 일이라 나 혼자 엘리베이터에 갇혀 당황하고 있을 때 다른 층에서 문이 열렸다. 문 앞에는 낯선 사람이 서 있었다. 놀라고 당황해서 나도 모르게 다급한 소리로

"내가 어디서 왔어요?" 라고 물었다.

참 어처구니없는 나의 질문에 문 앞에 서 있던 그 사람이 황당해하면서

"그, 글쎄요."

했던 그 사람의 표정이 아직도 생생하다. 뒤늦게 3층에서 내려 연주 장소로 갔다. 함께 내리지 못한 것은 알지만 그 이후에 있었던 일들은 모른 채 연주는 무사히 끝났다.

찻집에서 차를 마시며 좀 전에 있었던 이야기를 했더니 친구들이 모두 배를 잡고 웃었다. 연주를 가거나 엘리베이터를 타고 동행하는 일이 있으면 재미있다는 듯이 그 일을 꺼낸다. 처음에는 웃고 넘겼는데 자꾸 들으니 마음이 불편했다.

시골에서 태어나 시골에서 자라고 결혼해서도 주택에 살았다. 엘리베이터를 탈 수 있는 기회가 별로 없을 때의 일이라 늘 긴장은 했지만 순식간에 일어난 일이라 잊히지 않는다. 오랜 기간 함께 연주를 했는데 지금은 팀이 바뀌었다. 리더 하던 친구가 이사를 갔기 때문이다. 바쁘고 힘들었지만 연주를 통해 환자들에게 조금이나마 마음에 안정을 줄 수 있었다는 데 보람을 느꼈다. 쏜살같이 변해가는 우리의 문화 속에 얼마만큼 적응하며 살 수 있을까 하는 걱정에 정신 바짝 차리고 이제는 똑같은 실수 하지 않으리라 다짐하며 하나의 추억으로 간직한다.

핑크색 편지지

경산역에서 무궁화호 기차를 탔다. 충북 영동역에서 둘째며느리를 만나기 위해서이다. 결혼한 지 두 달밖에 안 된 며느리가 영동에 있는 종합행정학교에서 한 주 간의 교육을 마치고 혼자서 시댁인 경산으로 온다는 것이다. 초행길에 혼자서 온다니 고맙기도 하고 이쁘다. 내비게이션이 있긴 하지만 혼자서 오는 길이 걱정스럽기도 해서 내가 영동까지 가서 함께 오려고 기차를 탔다.

이른 점심을 먹고 기차에 몸을 실으니 기분이 참 좋다. 만나고자 하는 사람도 좋지만 혼자서 기차를 타고 떠나는 그 순간도 가슴이 설레었다. 겨울이 눈앞이라 창밖의 풍경은 그다지 아름답지는 않지만 나름대로 운치가 있어 내 눈에는 모든 것이 아름담기만 하다. 실오라기 하나 걸치지 않은 가로수와 산봉우리를 울타리 삼아 옹기종기 모여 있는 산골 동네들 스쳐 지나가는 풍경들이지만 내 머릿속의 필름은 찰칵찰칵 사진을 담고 있다. 역마다 쉬어가는 무궁화호 기차는 한 편의 영화를 보여주듯 지나가지만 옛 추억을 담은 내 가슴은 뛰기만 한다. 어느새 기차는 김천역에 도착했다.

여고생으로 보이는 학생 몇 명이 우리 칸에 타는데 어찌나 수다를 떠는지 많은 사람들이 주목하여 쳐다본다. 나도 저런 때가 있었는데 싶어 바라보는데 여고 2학년 설악산으로 수학여행 가던 때가 생각났다. 강릉을 거쳐 설악산 울산바위까지 그 해는 학교마다 같은 시기에 여행을 갔다. 가는 도중 강릉에서 전남 모 여고의 여학생들과 서로 주소를 주고받으며 펜팔 친구가 되었다. 사진을 보내 왔는데 얼굴도 예쁘고 마음도 착해 보이는 친구였다.

우리는 오랫동안 소식을 주고받으며 우정을 쌓았다. 어느 순간부터 편지를 보냈어도 답장이 없어 궁금하기도 하고 걱정도 되어서 계속 편지를 보냈는데 어느 날 한 통의 답장이 왔다. 나는 가슴이 철렁했다. 그 친구의 글에는 이렇게 적혀 있었다. 집에서 TV를 보는데 갑자기 브라운관이 터짐으로 너무 심하게 놀라 병원에 입원 중이라고 했다. 지금은 많이 회복되었다고는 하는데 입원치료를 하고 있어서 편지를 쓸 수 없다고 했다. 나는 얼른 위로의 편지를 쓰면서 예쁜 핑크색 편지지에다 내 마음을 담아 보냈다.

　얼마 후 친구로부터 짧은 내용의 답장이 왔다. 이제는 더 이상 소식을 전할 수 없을지도 모른다는 내용이었다. 엄마와 의사 선생님의 대화 내용을 몰래 들었는데 완쾌될 가능성이 낮다고 한다면서 자신의 운명이 어찌될지 모른다는 내용이었다. 그러면서 내게 너무 감사한 게 있다고 말했다. 병원에는 온통 흰색뿐이라 싫었는데 내가 보낸 핑크색 편지지가 너무 예쁘고 마음이 편안하다면서

　"친구야 고맙다."

　라는 짧은 글귀가 적혀 있었다.

　친구의 편지를 읽으며 가슴이 미어지는 것 같았다. 계속 편지를 보냈지만 그 후로는 답장이 오지 않았다. 소식이 궁금해서 여러 방법으로 연락을 취해 봤지만 찾을 수도 연락처를 알 수도 없었다. 펜팔로 만난 친구이긴 하지만 마음이 따뜻하고 예쁜 친구였는데 나는 그 친구를 가슴에 묻었다. 보고 싶어만 해야 하는 추억의 친구가 되었다.

　수다 떠는 여고생들을 바라보며 옛날을 기억하고 있는데 기차는 어느새 영동역에 도착했다. 출구로 나오는데 멋있는 복장의 여군이 충성! 하면서 경례를 한다. 며느리였다. 군복 입은 모습을 보여주려고 갈아입지도 않고 그냥 나왔다는 며느리를 꼭

안아 주었다. 영동역에서 며느리와 함께 승용차를 타고 경산으로 향하는 나는 친구로 인해 잠시 우울했던 마음을 뒤로 하고 며느리의 손을 잡았다.

요양원과 고려장

며칠이 지났는데도 자꾸만 몇몇 어르신들의 얼굴이 떠올라 마음을 아프게 한다. 젊은 세대보다 고령의 노인들이 많이 살고 있는 현실을 바라볼 때 서글픈 생각이 앞선다. 어르신들이 계시기에 지금의 우리가 있지만 하나같이 어르신들을 외면하는 슬픈 현실에 살고 있는 우리는 나 역시도 그런 환경에서 살아야 하지 않을까 싶다. 한 부모가 열 자식을 키울 수는 있어도 열 자식이 한 부모를 못 거느린다는 말을 정말 실감하는 현장에 다녀왔다. 어린이집 유치원 경로당 양로원은 우리들에게 익숙한 단어들이다. 그런데 노치원 주간보호센터 요양원이라는 단어들은 새롭게 알아가는 단어들이다. 언제부터인가 부모님을 부양하는 일이 내 일이 아니라 남의 일이 되어버린 것이다.

동방예의지국이라는 자부심은 어디론가 사라지고 돈 때문에 부모를 죽이는 패륜아가 등장하고 자신의 욕망 때문에 자식을 죽이고 범죄의 소굴로 끌어들이는 패륜부모가 판을 치는 무서운 현실 앞에 그렇지 않은 많은 사람들이 경악을 금치 못하는 현실이다. 무엇부터가 잘못된 것인지 누구를 원망할 수 있는 여유조차도 없다.

어느 순간인가 나도 나이가 들어서도 할 수 있는 일이 뭐 없을까 고민하다 요양보호사 공부를 생각했다. 좀 일찍 시작했어야 했는데 주변에서 많은 반대가 있어서 미루다 보니 이제야 하게 되었다. 학과 공부를 마치고 80시간의 현장 실습을 이수해야 했다. 시설 요양원을 배정받고 아침 일찍 서둘러 출근했다. 부모님을 모시고 살기는 하지만 어떤 분들이 어떻게 맞아 주실까 기대 반 걱정 반으로 현장에 들어서는데 가슴이 답답했다. 환경은 청결했지만 어르신들 특유의 냄새와 청소용 세제냄새로 머리가 아팠다.

오리엔테이션을 마치고 3층 병실로 올라갔다. 네 분의 어르신을 맡아 보게 되는데 세 분은 90세가 넘는 분인데 치매증세가 있었다. 86세 어르신은 그나마 정신이 좀 있으신 분이었다.

"어르신 안녕하세요?"

허리 굽혀 인사하니 다양한 표정으로 반갑게 맞아 주셨다.

내가 며칠만 하다가 돌아갈 실습생이라는 것을 이미 알고 계셨다. 그 시설에 80명의 어르신이 요양하고 계시는데 주기적으로 번갈아 가면서 실습생들이 오기 때문에 다 아신다는 것이다. 치매증세가 있긴 해도 그 정도 상황 파악은 한다고 했다.

대부분의 어른들이 기저귀를 하고 있었다. 그나마 내가 맡은 어르신들은 두 분만 기저귀를 해서 편했다. 늘 생글생글 웃으시는 분, 침 흘리며 눈만 껌뻑껌뻑 하시는 분, 무슨 말인지 혼자 늘 중얼중얼 하시는 분, 한 분은 정신이 있어서 휴대폰을 손에 꼭 쥐고 현관문만 쳐다보며 누군가 기다린다. 누굴 기다리느냐고 물었더니 아들딸이 올까 봐 기다린다고 하는 그 눈빛이 얼마나 간절해 보이는지 마음이 짠했다. 그곳에서 실습하는 동안 한 번도 전화나 방문이 없었는데 행여나 올까 봐 기다리는 부모의 마음이다.

시설은 아주 깨끗하고 모든 생활 여건도 좋다. 근무하는 요양보호사들도 친절하다. 직업이 아니고 내 부모를 모신다 하면 오랜 시간 간병할 수 있을까 생각된다. 시설에 오시는 분이 하나같이 자식이 없어서 입소하는 것이 아니다. 여러 명의 자녀들이 있지만 결국 함께할 자녀가 없는 것이 문제다. 어떤 사연과 환경에 처해 있는지는 모르겠지만 부모님 뵈러 오는 자식들은 거의 없다.

한 주간을 끝내고 이제 재가센터에서 관리하는 가정집에서 한 주간을 해야 한다. 아파트 한 가정에 배정을 받았다. 부부 어르신이 계시는데 할아버지께서 사고로 다리를 다쳐 거동이 불편했다. 재활치료를 열심히 해서 지금 상태는 아주 양호하다고 한다. 혼자서 움직이고 생활하기가 어려웠다. 게다가 할머니는 뇌출혈로 쓰러져서 힘든 상황에 있는 가정이었다. 출근해서 청소하고 간식 도와드리고 마지막 날엔 이발도 해 드렸다. 옛날에 배워둔 솜씨 제대로 발휘하고 일을 끝냈다. 자식들이 부모를 모시는 것이 아니라 대부분이 남의 손을 빌려 부모를 모시고 삶을 영위해 가는 어르신들을 보며 우리나라의 노인복지가 잘되어 있어서 참 다행이라 생각했다. 이런 시설들로 인해 어른들이 가족들로부터 소외되고 있는 것은 아닌지, 정답을 찾을 수가 없다.

더러는 요양원을 고려장에 비유하기도 한다. 옛날 고구려 때에 늙어서 쇠약해지면 살아있는 부모를 묘실에 모셨다가 죽으면 그 자리에 장사 지내는 풍습이 있었다. 어느 날 아들이 어머니를 지게에 태우고 깊은 산속 움막에다 모셔놓고 지게와 먹을 음식을 두고 돌아서는데 함께 따라간 어린 아들이

"아버지, 지게는 왜 안 가지고 가십니까?"

물었다 한다.

"이제 쓸 일이 없으니 두고 간다."

아버지의 말에 어린 아들이

"나중에 아버지가 늙으면 제가 지게에 태워서 여기로 와야 하지 않습니까."

아버지는 크게 놀라 뉘우치고 모시고 갔던 어머니를 다시 모셔다가 오래도록 효도하며 잘 봉양했다는 이야기가 생각난다.

2주간의 실습을 통해 많은 것을 느꼈다. 어떻게 하는 것이 자식의 도리를 다하는 것인지 많은 생각을 갖게 하는 좋은 기회였다. 도덕이 부패하고 정서가 메말라 가는 현실 앞에 우리는 어떤 모습으로 살아야 자녀들에게 본이 될까를 고민하는 날들이었다. 오늘 하루도 어김없이 시간은 흘러간다.

대중교통

오늘도 어김없이 집을 나선다. 할 일도 많지 않으면서 바쁘긴 얼마나 바쁜지 매일매일이 새롭다. 마을버스 시간에 맞춰 내리막길을 빠른 걸음으로 가지만 때로는 차를 놓칠 때도 있다. 버스가 빨리 오는 것은 운전기사의 마음이다. 혼자서 투덜거리다 다음 차를 이용한다. 요즘은 환승제도가 잘 되어 있어서 나같이 많이 다니는 사람은 교통비용에 큰 혜택을 누린다.

대중교통을 이용하다 보면 예기치 않은 일들이 가끔 생긴다. 시골이라 막차가 일찍 종료되어 비싼 요금의 택시를 타야 하고 시내에서 친구들과 좀 더 놀고 싶은데 차편 때문에 일찍 서둘러야 하는 불편함도 있다. 그러나 아쉬움보다 다행일 때가 더 많아서 불평하지 않고 열심히 잘 다닌다.

버스를 타고 달리는 동안 스쳐 지나가는 창밖의 풍경에는 표현할 수 없는 아름다움이 있다. 멀리 보이는 산봉우리며 계절마다 변해가는 주변의 환경들이 시골의 정취를 느낄 수 있기 때문이다. 어느 시점에서 다시 지하철로 환승을 하면 바깥 풍경은 볼 수 없지만 눈을 감고 휴식을 취하거나 지하철 안의 환경 또한 볼거리가 많다.

스마트폰이 나오기 전에는 대부분 신문을 보거나 손에 책을 들고 있는 사람들이 눈에 띄었는데 이제는 아주 간편한 휴대폰 하나로 뉴스 드라마 게임까지 즐기는 상황이다. 너무 조용해서 옆 사람과 이야기도 크게 못 한다. 나는 오랫동안 폴더폰을 가지고 있었다. 시대에 뒤떨어진다고 주변에서 많은 지인들이 잔소리 한마디씩 했지만 습관적으로 편하고 불편함이 없어서 그냥 사용했다. 지하철 안에는 남녀노소 할 것 없이 대부분이 스마트폰이다. 갑자기 전화가 오면 주변을 한번 살펴보고 받기도 했다. 어느 날 먹통이 된 전화기를 보던 남편이 최신형 스마트폰으로 개통을 해서 갖다 주었다. 처음엔 사용을 못해 불편했지만 이제는 익숙해져 잘 쓴다. 참으로 편리하다. 이래서 사람은 유행을 따라가는가 보다.

대중교통을 이용하면 두 가지 마음이 생긴다. 한 선로를 이용하면서도 차를 여러 번 갈아타야 하는 일이 있다. 환승을 해야 하기에 바쁘게 움직여야 하는 시간 싸움이다. 처음 하차 후 30분 이내에 환승을 해야 하므로 마음이 조급할 때가 있다. 분명 환승할 수 있다고 생각하고 카드를 찍었는데 '감사합니다' 라는 멘트와 함께 돈이 빠져 나가면 나도 모르게 '에~이' 라고 한다. 반대로 환승을 포기하고 탔는데 '환승입니다' 했을 때는 '오~예' 라는 감탄사가 나온다. 사람의 마음이 이렇게 간사할까 싶다. 지인들과 만나 비싼 밥도 먹고 필요치 않은 쇼핑도 과감하게 하면서 겨우 버스비 때문에 두 마음이 생긴다. 매일 반복되는 대중교통 이용이지만 환승제도에 혜택을 보는 건 나 같은 사람이다. 도로에 수많은 차들이 꼬리를 물고 다니지만 대중교통을 이용하는 사람들이 더 많음을 매일 느낀다. 아무리 구석진 시골동네라도 하루에 몇 번씩 마을버스가 운행된다.

여고 시절 아침 등교시간 버스를 타려면 집에서 30분씩이나 걸어 나와서 겨우 버스를 탔다. 교복 입고 뛰다가 넘어져 스타킹에 구멍이 나고 그것을 갈아 신고 다시 학교에 가면 지각이라 교문은 굳게 닫혀 있었다. 벌칙으로 토끼걸음해서 운동장을 돌던 생각에 웃음이 난다.

오늘도 여러 번 차를 갈아타고 일을 마친 후 집으로 오는 차에 몸을 실었다. 저녁시간이라 차는 복잡하고 빈자리가 없다. 많은 사람들이 피곤한 몸을 손잡이에 의존해서 지탱하고 서 있다. 오늘 하루도 참으로 바쁘게 살았구나 하는 마음이 든다. 복잡한 버스 안의 사람들은 모두가 입을 다문 채 자기의 몸을 버스기사에게 맡긴 듯 체념하고 서 있다. '기사님 안전운행 부탁합니다' 라는 표정이다. 이런 대중교통이 있어서 오늘 하루도 흐뭇하다.

싸움의 기술

한 공간에 같이 살아가다 보면 서로 의견 충돌로 뜻하지 않게 싸움을 불러 오기도 한다. 사람은 물론이거니와 말 못 하는 닭장 속의 닭들도 서로의 영역을 지키기 위해 날개를 치켜세운다. 매년 청도에서는 소싸움 대회가 열린다. 대회에 출전한 소들은 농가에서 밭을 갈고 일을 해야 함에도 불구하고 사람들을 흥미롭게 하기 위해 피터지게 싸운다. 그렇게 해서 승리하면 모든 영광은 주인에게 돌아간다.

가끔 남편이 언짢은 분위기를 만들 때가 있다. 일방통행이기 때문에 싸움은 되지 않는다. 수년을 살아오면서 좋은 일만 있었겠나 수없이 싸울 일이 있었지만 제대로 싸운 적은 없다. 어린 나이에 그냥 좋아서 결혼하고 신혼부부는 초기에 남편의 기를 잡아야 한다는 주변 사람들의 말만 듣고 시도했다가 실패로 돌아가 도리어 잡혀서 사는 형편이다.

지금까지 그렇게 살지만 지는 게 이길 때도 있음을 실감한다. 위기의 시간이 지나면 남편이 먼저 미안함을 고백하고 자신이 경솔했음을 사과한다. 그 달콤한 말에 서운함을 내려놓고 아무 일 없었던 것처럼 살아온 세월이 어느새 중년이다. 닭장 속의 닭들이 힘없이 푸드득 푸드득 꼬꼬꼬 하면서 도망 다니지만 그들만의 살아남는 방법을 알고 있지 않을까.

어느 모임에서 80대를 살아가는 노부부의 이야기를 듣는다. 한평생을 살아오면서 한 번도 부부싸움을 한 적이 없고 큰소리 낸 적이 없었다는 할아버지의 말씀이다. 함께한 여러 명의 젊은 이들의 '어떻게 그렇게 살 수 있냐'는 질문에 그 어르신의 대답이 걸작이다.

"나는 반평생을 밖에서 살았다오."

결혼 첫날 밤 이를 닦기 위해 치약을 짜는 과정에서 의견 충돌이 있었다 한다. 할머니는 끝부분에서 짜고 할아버지는 중간부분에서 짰는데 서로 자기가 옳다고 주장했단다. 신혼 첫날이라 싸우지는 않았지만 그 이후 누구든 기분이 나쁘거나 화가 나면 조용히 그 자리를 떠나기로 합의를 보았다. 그 결과 지금까지 80이 넘도록 살았는데 싸움은 안 했지만 돌이켜 보니 할아버지께서 밖으로 나간 세월이 반평생이라 했다.

반평생을 야외에서 지냈다는 할아버지의 말에 뭔가 모르게 쓸쓸하고 외로웠던 지난날의 모습이 보이는 것 같았다. 손바닥이 마주치지 않고 서로 비껴갔기에 힘은 들었겠지만 지금의 아름다운 황혼이 있는 거라는 결론을 내렸다.

겉모양만 보면 대체로 행복해 보인다. 가진 자나 못 가진 자나 흘러가는 시간은 똑같다. 돌이켜 보면 나 역시 남편의 일방통행에 추월하거나 끼어들지 않았기에 지금까지 올 수 있지 않았나 싶다. 손바닥이 부딪히지 않게 지혜롭게 살아간다면 어느 누구든 싸움이 되지 않는다. 자연스럽게 모인 자리였는데 뜻밖의 이야기로 많은 것을 깨닫게 해 주신 두 분께 건강을 빈다. 싸움에도 기술이 필요함을 새삼 느낀다.

흔적

어느새 일 년이라는 시간이 지나갔
다. 고인이 되신 형부의 기일이다. 형부가 안 계신다는 실감도
나지 않는데 1주기 추모제를 지낸다고 연락이 왔다. 평소 때와
는 다르게 언니의 목소리가 침체된 느낌이었다. 형부의 생명이
길면 일 년이라는 의사의 판정을 받고 언니는 최선을 다해 간호
를 했지만 끝내 언니를 혼자 두고 먼 길을 가셨다.

그 후 일 년이라는 시간 속에 둘이가 아닌 혼자서 얼마나 외
롭고 쓸쓸할까 싶어 주변의 많은 사람들이 신경을 썼다. 걱정과
는 달리 잘 적응하고 동네 친구들과 재미있게 지낸다는 말에 조
금은 안심이 되었다.

언니 집으로 갔다. 현관에 들어서니 형부의 음성이 들리는

것 같았다.

"처제 왔어? 춥지?"

막내라고 이뻐해 주시던 분이었다. 얼른 안방으로 가 보았다. 형부는 보이지 않고 영정 사진만 벽에 기댄 채 빙그레 웃고 있었다. 순간 울컥해서 말을 못하고 천장만 바라보았다. 언니도 내 마음을 알았는지 우리는 아무 말 없이 손만 잡았다. 먼저 와서 기다리던 친정 식구들도 갑자기 침묵했다.

언니가 시집와서 한평생 바깥출입도 제대로 못 하고 살아온 세월이라 형부가 돌아가시면 어느 누구에게도 간섭받지 않고 새처럼 훨훨 날아다닐 것만 같았던 나의 생각도 착각이었음을 그때서야 알았다.

형부가 돌아가신 후 나는 지긋지긋했던 집 안의 환경을 바꾸기 위해 애를 썼다. 어릴 적부터 보아왔던 언니의 삶을 형부가 안 계심으로 내가 완전히 바꾸려고 했다. 집 안에 들어가면 제일 먼저 거실에 있는 소파가 보기 싫었고 주방에 들어가면 식탁에 앉아서 밥하는 언니에게 자꾸 잔소리하던 식탁이 싫었다. 그래서 모두 치우고 새것으로 교체하자고 했더니 처음엔 반대하다 그러자고 했다. 새롭게 단장된 언니의 집 안에는 형부의 흔적이 사라지고 없었다. 하지만 언니의 가슴속에는 언제까지나 자리 잡고 있음을 늦게야 알았다. 형제들이 마음 아파할까 봐 늘 잘 지낸다고 했지만 얼마나 허전하고 쓸쓸했음이 피부로 느껴진다.

음식을 장만하고 자녀들과 온 식구들이 한자리에 모였다. 서로 위로하며 지난날을 이야기했다. 형부 덕분에 맛난 거 먹는다며 한바탕 웃고 있을 때 나는 안방에 다시 들어갔다. 평소에 누워계시던 그 자리를 보면서 처제를 아끼던 그 사랑을 잠시 생각했다. 아파서 고통스러워하면서도

"자주 찾아와 줘서 고맙다."

하시던 형부의 모습이 떠올라 콧등이 찡했다. 돌아서는데 눈에 띄는 게 있었다. 일기장도 아닌데 뭔가 적혀 있는 메모장을 본 것이다. 언니가 형부를 보내고 기록한 마음의 글이었다. 좀 더 잘해주지 못했던 후회와 혼자 있음의 허전함을 글로써 표현한 내용이었다. 그렇구나, 부부로 만나 한평생을 살아 왔는데 어찌 쉽게 떠나보낼 수가 있겠나 싶은 마음에 언니가 안쓰럽기까지 했다. 주변사람들이 걱정할까 봐 항상 즐겁게 잘 지내고 있다는 말만 했기 때문이다. 언니의 마음을 더 깊이 헤아리지 못한 동생을 섭섭하게 생각하지는 않았을까 싶어 미안했다.

언니에게는 내색하지 않고 시간을 보내다 우리는 헤어졌다. 눈앞에서 멀어지면 마음도 멀어진다지만 언니의 마음속에는 형부의 흔적이 여전히 남아있었다.

옛집

주변을 돌아보면 모두가 시멘트로 지어진 고층 건물이다. 아파트 빌딩 주택도 시멘트 벽돌로 지어진다. 처음 아파트가 지어질 때 어른들은 '아파트는 사람이 사는 곳이 아니고 새를 가두는 집'이라고 했다. 생각해 보면 의미 있는 말이다. 아파트가 몰려있는 대단지는 뒤돌아볼 틈이 없이 빽빽해서 집 안에 햇빛이 안 들어오는 게 단점이다. 시골에서는 시멘트 벽돌로 집을 지으면서도 흙벽돌로 황토방을 만들기도 한다. 고층 아파트는 아니지만 빌라가 지어지고 전원주택이라 하여 모양이 예쁘고 황토 흙으로 다양하게 지어서 집성촌을 이룬다.

며칠 전 남편과 함께 시어머님 모시고 자양댐 안동네에 사는 지인의 집을 방문했다. 그곳은 아직 청정 지역이고 미개발 동네라 시골집 그대로였다. 댐이 만들어지면서 수몰을 벗어나기 위해 댐 밖으로 이주했고, 개인이 함부로 집을 고칠 수 없기 때문에 대부분 옛날 모습에서 벗어나지 못한 지역이었다. 컨테이너로 만든 조립식 주택도 있었다. 옹기종기 모여 사는 게 아니라 댐 둘레를 따라 흩어져 사는 동네였다. 공기가 맑아서 해가 지면 밤하늘의 별이 머리 바로 위에 있는 것처럼 선명하게 보여서 별빛촌이라고 불렀다.

교통이 좀 불편한 것 외에는 공기 좋고 물이 맑아서 살면서 힐링할 수 있는 곳이다. 30여 년 전 우리 아이들이 유치원 다닐 때 남편의 건강이 나빠져서 휴양하고자 지인의 소개로 혼자 그 동네에 거주하기도 했다. 남편이 거주하던 집은 초가였다. 마당에는 사람이 겨우 다닐 정도의 길만 내어놓고 잡풀이 수북했다. 집을 둘러싼 담장은 흙으로 만든 벽돌로 테두리를 하고 있었다. 전형적인 시골 오두막집이었다.

주말이 되면 아이들을 데리고 그곳에 갔다. 주변 환경은 열악했지만 남편이 생활하기에는 별로 불편함이 없는지 좋아 보였다. 두 아들은 흙이 보이지 않는 풀밭 마당이 좋은지 이리저리 뛰어다니며 놀더니 갑자기 큰아들이 나를 찾았다. 돌아보니 손가락으로 담장을 가리킨다.

"어머니, 할머니가 콩으로 만든 메주가 저기 있어요."

한다.

흙으로 만든 벽돌이 할머니가 만든 메주와 똑같이 생겨서 신기했던 모양이었다. 아이는

"야~ 메주,다 메주."

하면서 뛰어다녔다.

흙벽돌을 보며 메주라고 소리치던 큰아들은 어느새 두 아이의 아빠가 되었다. 지인의 집을 방문하고 자양 댐을 돌며 옛집을 찾았지만 채소가 심어진 밭만 보일 뿐 집은 없었다. 소박한 초가는 점점 사라지는 현실이다. 짧은 시간이었지만 댐을 돌아나오며 옛날이야기를 주고받았다. 창밖에서 들어오는 바람은 상쾌했다.

4부

우시장 풍경

소몰이를 시킨 아버지마저도 이제는 내 옆에 계시지 않는다.
그때는 아버지가 밉기도 했는데 지금은 아버지의 얼굴마저도
기억에서 희미하다. 매일 아침 등교하기 전에 소여물을 쒈어
야 하고 학교에서 돌아오면 소꼴을 베어야 하는 나의 유년 시
절이었다.

ⓒ 이영철
푸른 숲. 22.5cm x 33.5cm, Acrylic on Canvas, 2020

곰국

　　　　　　　한동안 곰국을 끓이지 못했다. 식
구들이 좋아하는 줄을 알면서도 바쁘다는 핑계로 소홀했다.

　오늘 아침 국거리가 마땅치 않아서 쌀뜨물을 받아 숭늉을 만
들었다. 밥상을 받은 남편이

　"웬 곰국?"

　얼른 소금 뚜껑을 열었다. 깜짝 놀라

　"여보 잠깐! 곰국이 아니라 숭늉인데요."

　남편이 씨익 웃으며 숭늉에다 밥을 말아서 먹고 나더니 한마
디 한다.

　"우리 집 곰국 진짜 맛있네."

　일어나는 남편을 보며 미안하기도 하고 어머님 보기도 죄송

하다.

"여보, 미안해요. 저녁에 곰국 해 놓을게요."

"땡큐!"

마음이 갑자기 급해진다. 숭늉을 곰국으로 착각한 남편이 고
맙다.

엄마의 자리

음력 9월이면 친정 엄마의 생신이 있다. 지금 살아 계신다면 98세의 고령이다. 수십 년 전에 고인이 되신 엄마가 보고 싶어 공원묘지로 향한다. 거리가 멀지 않은 곳에 모셨는데도 한번 찾아가는 게 쉽지가 않다. 나만의 일인가 싶어 되돌아보니 엄마가 더욱 그립다.

아버지가 먼저 고인이 되시고 엄마가 지병으로 돌아가셨다. 아버지의 장례식 날 엄마가 했던 말이 생각난다. 공원묘지에 부부 묘를 준비했는데 아버지의 옆자리를 보더니

"저렇게 평수가 적어 어이 누울꼬. 나는 이곳에 눕기 싫다."

며 한숨을 쉬었다. 그 이후 여러 번 하소연처럼 자리가 좁다고 했다.

공원묘지다 보니 관리도 사무실에서 다 알아서 하니 우리는 일 년에 한 두 번 외에는 가지 않는다. 엄마의 병이 악화되어 시간이 별로 없음을 들은 우리는 가장 먼저 묘지 확인을 위해 공원으로 갔는데 이변이 생겼다. 엄마가 누워야 할 자리에 낯선 사람의 묘를 만들어 놓은 것이다. 관리실에 연락을 했더니 직원이 달려와서 하는 말이 더 어처구니가 없었다.

"안 그래도 연락을 드리려고 했습니다."

관리실 사고로 다른 사람에게 묘지를 팔았다고 하는데 장남인 오빠가 직원의 멱살을 잡으며 한바탕 난리를 피웠다. 평소에 엄마가 자리가 좁다며 그렇게도 싫어하시더니 이런 사고가 생겼는가 하고 오빠를 위로하며 상황 수습을 했다. 관리실의 실수로 이렇게 되었으니 엄마의 장례식 날 우리가 원하는 장소, 넓은 평수와 아버지의 시신을 옮기는 경비를 모두 책임지겠다는 관리자의 조건이었다. 공원묘지가 생긴 지 오래 되지 않아 정말 괜찮은 자리가 많이 있음을 강조했다. 한편으로는 엄마의 간절한 소망이 이루어진 것 같아 다행이었다. 산을 내려오면서 한참 동안 그 누구도 말을 하지 않았다. 침묵 속에서도 우리의 간절한 마음은 같았으리라 생각한다.

엄마의 임종이 임박했을 때 우리는 장소를 선택했다. 산 중턱 가장 양지바르고 평수가 넓은 곳, 묘비를 세우고도 아파트

베란다처럼 넓은 공터가 있는 곳이다. 지금에 가면 자녀들이 편하게 앉아서 쉬기도 하고 아이들은 마음껏 뛰어 다닐 수 있을 만큼의 넓은 자리다.

엄마의 묘 옆에는 한 그루의 동백나무가 그늘까지 만들어 준다. 평소 꽃을 좋아하셨던 엄마의 마음을 알았는지 관리실에서 심어 준 듯하다. 봄이 되면 수많은 동백꽃이 꽃망울을 터트리며 엄마의 외로움을 달래주는 아름다운 장소가 되어 있다. 가끔 자녀들이 성묘를 가면 고인 되신 아버지가 엄마를 위해 아파트 평수를 넓혔다고 우스갯소리를 한다.

단풍이 물들어 갈 때면 엄마 생각이 많이 난다. 살아생전 자주 찾아뵙지 못 했음을 후회하며 이제는 효도를 하고 싶어도 부모가 기다려 주지 않음을 너무 늦게야 깨닫는다. 묘지를 한 바퀴 돌아보며 탁 트인 먼 산을 바라보는데 선명하지 않은 엄마의 얼굴이 눈앞에 아른거린다. 말없이 흐르는 눈물은 어쩜 그렇게도 폭포수 같은지 아무도 보는 이 없어 마음껏 울고 나니 가슴의 응어리가 시원해지는 느낌이다. 묘비를 쓰다듬으며 엄마에게 물어 보았다.

"엄마! 간절히 원하던 넓은 평수에 누워 있으니 좋습니까?"

라고.

산을 내려오는데 '잘 가거라' 하는 음성이 들리는 것 같아 뒤돌아보며 손을 흔들었다.

하얀 고무신

　　모처럼 날씨가 화창하다. 계절이 바뀌면 집 안 구석구석 정리를 한다. 여느 때와 다름없이 이것저것 손을 대어 본다. 문득 신발장에 눈길을 돌렸다. 그래, 이번 기회에 신발 정리를 해 보자 하고 시작한 것이 한참 걸렸다. 신을 것도 없는 것 같은데 숫자로는 꽤 많다. 계절별로 구분하기 위해 모두 꺼내다 보니 맨 구석에 까만 비닐봉지 하나가 보였다. 풀어보니 한복 입을 때 신는 고무신 모양의 구두였다. 얼마 전 행사가 있어 한복을 입으면서 신고는 그냥 넣어둔 생각이 났다.

　　요즘은 편리하게 고무신 모양의 구두를 신지만 옛날에는 여인네들이 하얀 고무신을 신었다. 지금은 나이가 아무리 많은 사람이라도 평상복으로 한복을 입는 사람들이 없다 보니 하얀 고무신이 점점 사라진다. 신발을 보니 유년시절 친정 할머니의 한복 입은 모습이 떠올랐다.

자그마한 키에, 비녀를 지른 쪽머리를 하고 옥색 한복을 곱게 입으시고 위에는 계절별로 스웨터를 걸친 할머니의 발에는 어김없이 하얀 고무신이 신겨 있었다. 아버지 네 형제 중 세 분이 한 동네에 살고 계셨는데 아버지가 셋째 아들이다. 그런데 할머니는 막내 삼촌 댁에서 살고 계신다. 하지만 매일 아침 식사 후, 하루도 빠짐없이 우리 집에 오셔서 저녁까지 잡숫고는 밤에는 꼭 삼촌 댁으로 가셨다.

나는 할머니가 오시면 언제나 고무신을 하얗게 씻어서 쪽담에 가지런히 엎어 놓았다. 촌집이라 보잘 것 없지만 툇마루 앞에 시멘트로 신발을 벗을 수 있도록 만들어 놓은 것을 쪽담이라 한다. 하얀 고무신을 보면서 좋아하셨던 할머니의 모습이 아직도 눈에 선하다. 어린 마음에 우리 집에 주무시면 될 것을 굳이 삼촌 댁으로 가시는지 그때는 이해할 수가 없었다. 아무리 붙들어도 저녁만 잡수시면

"낼 또 오꾸마."

하며 일어나셨다.

할머니의 고집이 얼마나 센지 아무도 말릴 수가 없었다.

세월이 지나고 내가 성인이 되었을 때 어머니가 말씀하셨다.

네 형제 중 할머니가 배 아파 낳은 자식은 막내 삼촌뿐이라고 그래서 다른 아들들이 있어도 삼촌 집으로 가신다고 했다. 그때서야 할머니의 마음을 조금 이해하긴 했지만 늦은 시간 홀로 걸어가시는 모습에서 뭔가 모르게 뒷모습이 쓸쓸해 보였다.

내 기억에는 할아버지의 모습이 없다. 언제인지는 모르겠지만 할머니가 혼자되시면서 살아온 세월이 얼마나 힘드셨을까 하는 생각을 해 보았다. 예나 지금이나 어른들은 아들 선호가 대단하다. 우리 시어머님은 아들이 하나밖에 없지만 딸네 집에 가시면 아무리 늦어도 우리 집으로 오신다.

"딸하고 오손도손 이야기도 하고 하룻밤 주무시고 오시지 이 늦은 시간에 오십니까?"

하면

"집에서 자야 편하지."

하신다.

그런 부분에서는 할머니와 시어머님 생각이 같다. 많은 자식들이 있지만 자신이 거처할 곳은 당연히 아들 집이라고 가슴에 품고 고집하신다. 연로하신 삼촌은 아직 생전에 계시는데 어찌 홀로 먼 길을 떠나셨는지 내 마음이 찡하다. 곱게 차려입은 한복에 하얀 고무신을 신고 대문 안으로 들어오시는 할머니의 모습이 눈에 선하다.

고무신을 두고 상념에 잠기다 보니 시간이 얼마나 흘렀는지 마음이 바빠진다. 이것저것 꺼내 놓기만 하고 정리가 안 된 상태라 어수선하기 짝이 없다. 서둘러 정리하면서 가슴 한편이 느낀다. 어느새 나에게도 "할머니"라고 불러주는 손녀가 있다. 그 아이들이 자라면 지금 내가 할머니를 기억하듯 이런 추억들이 있을까? 그 옛날 깨끗이 씻은 하얀 고무신에 발을 넣으며 손녀를 향해 환하게 웃으시던 할머니를 생각하며 곱게 싼 고무신을 다시 신장에 넣는다.

낯선 곳 증도에서

                         낯선 곳에서 아침을 맞이한다. 전날 늦은 밤에 전라남도 증도라는 섬에 도착한 일행은 어른 셋, 대학생과 청년을 포함해서 열 네 명이다. 주변이 너무 어두워 어디가 어딘지 알 수 없는 낯선 곳에서 짐을 풀고 섬이니까 바깥이 궁금해서 밖으로 나가는 사람도 있다. 섬이라 하면 육지에서 배를 타고 들어가야 하지만 지금은 육지와 섬을 연결하는 다리를 멋지게 만들어 놓아서 참으로 편리하다. 그 후로 예전보다 많은 관광객이 몰려든다고 한다.

    증도(시리섬)라 함은 2009년 기준으로 인구는 1735명이 거주하며 세대수는 838세대이다. 주민들은 어업보다 농업에 치중한다. 쌀 보리를 비롯해서 온갖 잡곡들이 생산되며 연안에서는 민어, 숭어, 낙지 등이 어획되며 굴과 꼬막도 채취된다고 한다. 김양식이 활발하고 천일염 생산도 많으며 소금 박물관도 있는데 대한민국 근대문화유산으로서 등록문화재로 지정되어 있다. 2010년에 증도대교가 개통되면서 무안의 해제반도까지 육로로 통하게 되었다.

함께한 청년들은 어린아이도 아닌 성인들인데도 고삐 풀린 망아지처럼 기분이 들떠서 어찌할 바를 모른다. 밤이 깊어가는 줄도 모르고 함께 모여 게임도하고 야식도 먹으며 세상 부러울 것이 없는 시간을 즐긴다. 새벽 5시가 넘어서 잠을 청하는 그들을 보며 나는 아침을 맞이한다. 약간 어둡긴 하지만 산책도 할 겸 숙소를 나온다.

여름 휴가철 성수기가 아닌 겨울이라 주변은 조용하다. 여러 채의 방들이 있지만 사용자는 우리뿐이다. 산책길을 따라 바닷가로 나오니 파도도 잠을 자는지 잔잔하기가 이를 데 없다. 멀리서 들려오는 새벽닭 우는 소리는 매일 아침 집에서 듣던 소리와 같아서 우리 동네인 듯 정겹게 들린다.

펜션을 운영하는 사람들 외에 눈앞에 보이는 집들은 몇 가구 안 되는 것 같다. 바다 냄새를 맡으며 상쾌한 아침을 맞는다. 바다를 끼고 골목길을 돌아보니 울타리는 동백꽃으로 담을 이루고 있는데 곧 터질 것 같은 꽃망울이 육지에서 온 나를 반겨주어서 기분이 좋다. 이른 아침이라 사람들은 찾아볼 수가 없고 간간이 개 짓는 소리만 들린다.

고요한 바다. 행여라도 투박한 내 발걸음 소리에 잠자던 파도가 놀라서 깰까 봐 조심스럽게 걷는다. 끝이 없는 수평선을 바라보면서 나름대로 우아하게 산책을 한다. 해가 뜨려면 아직 멀었는데 물에서 비치는 은빛으로 인해 주변이 환하다. 잔잔한 바다를 보면서 갑자기 바닷속이 궁금해진다. 저 속에는 무엇이 있기에 잊을만하면 크고 작은 사건들이 터지는 것일까. 정말 우리가 알 수 없는 그 무엇이 있단 말인가. 파도라는 하마가 심술을 부려서인지 아까운 사람들이 이슬처럼 사라지는 사건들이 매스컴을 통해 들린다. 실종되어 찾지 못한 사람들과 고인이 된 그들을 생각하니 마음이 숙연해진다.

바닷가 주변을 보니 밀물과 썰물의 흔적이 보인다. 빈 조개껍데기가 눈 내린 것처럼 모래 위에 하얗게 쌓여 있고 사이사이 수많은 새끼 꽃게들이 제 집을 찾아가느라 뒤뚱거리고 물이 빠진 자리의 모래는 겹겹이 주름으로 원을 그리고 있다. 세찬 파도에 못 이겨 힘들었던 모래 흔적이 어쩌면 우리의 살아가는 모습과도 비슷하다.

걷다 보니 어느새 올레길 한 바퀴를 다 돌았다. 바다 서편 산에서는 해가 고개를 내밀고 빛을 발한다. 일출을 보려고 멀리도 가는데 오랜만에 제대로 해 뜨는 모습을 본다. 예쁘게 사진으로 남긴다. 이렇게 멋진 해변에서 아침을 맞이하는 나는 행복하다.

이런 기회가 또 올까 하는 작은 소망을 품고 숙소에 도착한다. 해는 중천에 떴는데 집 안은 아직도 한밤중이다.

나도 수험생

대입 수학능력 시험을 친다. 단 하루 시험을 치르려고 몇 년을 책과 씨름을 했는지 생각하면 마음이 짠하다. 더군다나 올해는 천재지변인 지진으로 인해 사상 최초로 수능시험이 일주일 연기되었다. 학생들도 힘들겠지만 옆에서 지켜보는 부모들은 더 애간장이 탄다.

지금의 아이들은 엄마 뱃속에 자리 잡는 순간부터 공부를 한다. 극성스런 엄마의 태교로부터 세상에 나오면 조기교육으로 공부의 노예가 된다. 무엇 때문에 그렇게까지 해야 하는지 아직도 의문이 풀리지 않는 현실 앞에 우리의 자녀들은 또 시험의 현장으로 간다. 하지만 대학을 나와야 취업이 잘 되고 공부를 잘 해야 출세를 한다는 웃어른들 말씀은 현실과는 다른 것 같다. 예전에는 대학 가는 게 정말 어려웠는데 요즘은 대학이 옛날 중등교육 수준이 아닌가 한다. 너도나도 대학생이고 대학은 기본인데 수능도 못 쳐보고 대학교 졸업도 못했지만 수준에 맞게 최선을 다해 자기 자리를 지키는 사람도 많다.

고려시대와 조선시대에는 관리를 뽑기 위해 과거시험제도가 시행되었다. 신라 때도 독서삼품과라는 시험을 통해 관리를 뽑았다는 기록이 있다. 하지만 본격적으로 과거제도가 시행된 것은 고려의 제4대 임금인 광종 때부터였다. 과거시험에 장원급제하면 고향에서는 며칠 동안 잔치를 벌인다. 지금도 사법고시에 합격하거나 일류대학에 합격하면 동네어귀에 현수막이 춤을 춘다. 누구의 자녀가 사법고시 또는 일류대학에 합격해서 가문의 영광이라고 자랑한다.

수능을 하루 앞두고 숨소리조차 크게 낼 수 없는 예민한 분위기 속에 살아가는 고교 수험생을 둔 가정들이다. 큰아들 고3 때가 생각난다. 시험 날짜는 임박해 오고 밤늦도록 학교에서 공부하고 집에 와서는 쉴 틈도 없이 EBS 교육방송을 들었다. 온종일 학교에서 공부하느라 힘들고 지친 아들은 거실에서 방송을 보면서 꾸벅꾸벅 졸았다. 차마 볼 수가 없어 그만하고 방에 가서 자라고 했더니 학구열이 강한 아빠가 방에 계시니 눈치가 보여 들어가지를 못했다. 방송은 계속되고 아들을 억지로 방에 가서 잠을 자게 하고 방송이 끝날 때까지 내가 자리를 지켰다. 한 사람의 편의를 봐주면 다른 한 사람을 속여야 한다. 하지만 마음은 편했다. 잠이 모자라 힘들어하는 아들을 조금이나마 쉽게 하려고 남편에게는 속임수를 썼다. 내가 수험생이 된 그날의 일은 아무도 모른다. 비밀 아닌 비밀이 되었다. 수능 날짜가 다가오니 문득 생각이 나서 혼자 멋쩍게 웃는다.

수능 당일 버스를 타고 시험장으로 갔다. 다른 부모들은 자가용으로 택시로 편하게 오더구만 우리는 대중교통을 이용해서 갔으니 괜히 미안하기도 하고 해서 손을 꼭 잡으며

"아들아 그동안 고생했다. 힘내고 최선을 다하면 된다."

라고 격려하고 교실로 보내는데 더 이상 해 줄 게 없는 게 안타깝고 속상했다. 그 마음을 알기라도 하는 듯 뒤돌아보면서 활짝 웃는 아들의 모습에 위로받고 돌아왔다. 스스로 열심히 노력한 덕분에 대학에 들어가고 대기업에 취직을 하고 결혼까지 해서 예쁜 두 딸을 얻었으니 감사하다.

주변에 수험생이 많다. 본인 스스로 헤쳐 나가야 하는 일이기에 달리 해 줄 수 있는 말이 없다. 모두들 고생했고 지혜롭게 최선을 다하라고 말한다.

시험은 그 자체만으로 부담을 준다. 노력한 자와 안 한 자의 결과만 기다려질 뿐이다. 수능 한파가 어김없이 찾아온다. 날씨는 춥지만 마음은 따뜻했으면 하는 바람이다. 모든 수험생 화이팅! 수험생을 보는 나도 수험생이다.

우牛시장 풍경

시골 재래시장은 5일마다 열린다. 여러 가지 농산물과 공산물이 어우러져 제법 큰 시장을 이룬다. 장날마다 찾아오는 보따리 장사에도 제법 괜찮은 물건들이 많이 있다. 지금은 시장이 모두 새 건물이 들어서고 주차장마저도 고층으로 지어서 시골 장 느낌이 들지 않는다. 장날 외에도 계속해서 북적거리며 매일같이 풍성한 물건들이 보이지만 보따리 장사는 보이지 않는다.

장날이 되면, 커다란 가마솥에 김이 무럭무럭 나는 쇠고기국밥은 지금도 잊을 수가 없다. 특히 소를 사고파는 우시장의 국밥과 육국수의 맛은 일품이다.

어느 날 국밥이 먹고 싶어 혹시나 하는 마음에 시장을 한 바퀴 돌아보았다. 소를 사고파는 장소에 건물이 들어서고 옛날 모습은 찾아볼 수가 없다.

내가 어린 시절에는 동네 집집마다 황소든 암소든 한 마리씩은 다 키우고 있었다. 목돈이 필요할 때면 장날 소를 팔아서 돈을 마련한다. 또한 암소가 송아지를 낳으면 자녀를 출산한 것처럼 좋아하고 집안의 경사로 쳤다. 우리 집에도 오빠들 등록금 낼 때가 되면 약속이나 한 듯 아버지는 소를 팔려고 했다. 그럴 때마다 소몰이는 내가 되어야 했다. 어른들은 아들 선호사상이 있어서 아들 잘 키우려고 시내로 유학 보내 공부시키고 막내딸인 나는 집에서 온갖 심부름이나 하고 농사일까지 거들며 소를 몰고 시장까지 가야 했다. 우리 집에서 시장까지는 십 리 길인데 걸어서 갔다.

내가 소몰이를 하는 데는 이유가 있다. 어린 여자아이가 몰고 가면 소가 순해서 매매가 빨리 이루어진다는 것이다. 장돌뱅이가 된 나는 앞에서 소를 몰고 아버지는 뒤에 천천히 따라 오신다. 십 리 길이 얼마나 멀던지 지금은 버스로 승용차로 움직이지만 그때는 십 리 길 학교도 걸어서 다녔다.

우牛시장에 들어서면 새벽부터 많은 사람들이 소를 사고팔려고 정신없이 왔다 갔다 한다. 마침 내가 몰고 간 소가 쉽게 팔려서 아버지의 기분은 최고다. 우리는 장터 국밥을 사 먹고 집으로 온다. 농촌 생활이란 게 그렇다. 보리밥 먹던 시절이라 흰 쌀밥에 쇠고기 국이 얼마나 맛이 있던지 지금도 생각하면 입 안에 침이 고인다. 십 리 길을 되돌아와야 하지만 발걸음은 가볍다. 집으로 오다 보면 몇 군데의 구멍가게가 있다. 그곳에는 아버지가 좋아하시는 막걸리와 내가 좋아하는 어묵과 왕 눈깔사탕도 있다. 소를 팔았기 때문에 그날만큼은 나에겐 부족함이 없도록 다 가질 수 있는 날이다.

추억에 젖어 시장을 찾았지만 가게는 사라지고 없다. 소몰이를 시킨 아버지마저도 이제는 내 옆에 계시지 않는다. 그때는 아버지가 밉기도 했는데 지금은 아버지의 얼굴마저도 기억에서 희미하다. 매일 아침 등교하기 전에 소여물을 쑬어야 하고 학교에서 돌아오면 소꼴을 베어야 하는 나의 유년 시절이었다. 손에 상처도 많다. 꼴을 베다가 넘어져 낫에 베어 남은 흔적은 지워지지도 않는다. 오빠들은 공부한다고 시내로 가 버리고 막내인 나는 아버지의 사랑은 많이 받기도 했지만 잡다한 일도 많이 했다. 소를 팔아 목돈이 생기면 나에게 먼저 용돈도 주셨다. 그것이 나에게는 위안이 되었는지도 모른다.

요즘은 축산 시장이 따로 정해져 있다. 집집마다 소를 키우지도 않는다. 축산 농가는 정부의 지원을 받아 제대로 우牛사가 지어지고 수십 마리가 한곳에 모여 전문적인 관리를 받는다. 먹이도 자동화 시스템으로 철저한 위생관리가 된다. 시골 동네에 가 보면 소를 먹이는 집들이 거의 사라지고 지금의 젊은이들은 농촌생활 자체를 싫어한다. 모두가 떠나버린 농가에는 노부모들만 생존해 계신다. 빈집들도 많다. 영농 후계자라 하여 귀농하는 젊은이도 보이긴 하지만 극소수의 숫자다. 공기 좋고 물 좋은 농촌 생활이 사라지듯이 재래시장의 우牛시장 풍경도 사라져 버렸다.

　나는 씁쓸한 기분으로 한 바퀴 돌아보며 나름 소문난 국밥집으로 들어가 한 끼를 해결했다. 그때의 그 맛은 찾을 수가 없다. 남편과 나는 미래의 계획을 얘기했다. 노년에는 시골에 들어가서 살았으면 좋겠다고 하니 쾌히 승낙했다. 지금도 외곽지에 살고 있지만 좀 더 골짜기로 들어가서 텃밭을 가꾸며 흙냄새 맡으면서 살자고 했다. 우리의 소박한 꿈을 이루기 위해 최선을 다해야겠지만 사라진 재래시장을 둘러보며 새롭게 지어진 시장의 또 다른 종류의 풍물에 행복해하는 사람들을 보면서 나는 발걸음을 옮긴다.

갈빗대 인생

　　겨우내 땅 속에서 인내하다 봄이
오면 노란 민들레꽃이 한껏 뽐을 낸다. 나도 질세라 핑크빛 복
사꽃이 지붕을 만들어 아름다운 한 쌍의 커플을 만들어 버린다.
수명이 길지도 않은 꽃들도 자기만의 향기와 자태를 뽐내기 위
해 모진 비바람 추위를 이겨낸다. 식물도 그러한데 하물며 만물
의 영장인 우리 사람들은 인생의 꽃을 피우기 위해 얼마나 많은
노력과 인내가 필요한 것일까를 생각해 본다.

　사람이 태어나서 부모를 떠나 한 남자와 여자를 만남으로 처
음엔 시원하게 만들어진 고속도로를 마음껏 달리는 듯하겠지
만 목적지를 향해 달리다 보면 길고 짧은 수많은 터널을 만나게
된다. 오로지 출구를 찾기에 급급한 사람들이 무엇이 우선이고

무엇이 나중인지 알 수 없을 정도로 바쁘게 살아간다. 그 중에 한 사람이 나이기도 하다.

지금까지 살아오면서 가정과 직장, 부모님과 자녀들 그리고 여러 가지 사회활동들을 하면서 참 잘 살아왔다 싶은데 마음 한 편에 허전함은 왜 그런지 모르겠다. 나는 지금까지 순종하며 착하게 살았다. 시부모님과 남편에게 사랑도 받으며 살았다. 그런데 지금에 와서 왜? 라는 단어가 자꾸만 떠오르는 것은 신체적 생활 리듬이 변하면서 내 마음이 긴 터널 안에 갇혀 있기 때문은 아닐까 하는 의문이 생긴다. 얼마 전 남편을 먼저 보낸 언니의 삶을 보면서 지난날의 시간들을 되돌아보게 된 것이 계기가 되었을 수도 있겠다.

사람은 흙으로 만들어졌기에 흙으로 돌아간다. 그래서 이처럼 땅의 티끌인 흙이 인간의 육체를 구성하는 기본 요소임을 보면서 우리는 땅과 인간의 관계 그리고 육체의 근원과 인간의 한계를 깨닫게 된다. 이어서 잠든 남자의 몸에서 갈빗대를 취해 여자를 만들었는데 이는 참으로 신비스러운 일이 아닐 수 없다. 왜 하필이면 갈빗대일까?

이 같은 의문이 제기되는 이유에 대해서 어떤 책은 이렇게 말한다.

남자의 옆구리에서 취한 갈빗대로 여자를 만든 것은 남자와 여자가 인격적으로 동등한 위치에 있음을 보여 주기 위한 신의 뜻이라고 한다. 이 원리를 가정 안에서의 부부에게 적용해 보면 아내가 남편에게 짓밟히지 않도록 다리뼈로 아내를 만들지 않고 반면에 아내가 남편을 지배하지 못하도록 머리뼈로 만들지 않았다는 것이다.

이처럼 남편과 아내의 신분이 동등함을 강조한 것은 그들에게 서로 다른 역할을 정해줌으로 아내가 남편의 갈빗대로 지음받은 또 다른 이유를 설명해 준다. 무엇보다 남편과 아내는 서로가 떼려야 뗄 수 없는 존재로서 남편은 아내를 사랑해야 하며 그래서 아내가 남편의 보호를 필요로 한다는 의미에서 남편의 팔 밑의 갈빗대를 취했고 사랑을 받을 수 있도록 가슴 근처에서 취했다 한다.

똑같은 남자의 갈빗대로 만들어진 언니는 왜 그렇게 힘든 삶을 살았을까?

내가 어렸을 때 기억이 난다. 언니가 시집간 지 그리 오래된 연수는 아닌 듯한데 어느 날 저녁에 조그만 보자기 보따리를 가슴에 안고 친정인 우리 집으로 왔다. 친정과 언니의 시댁은 강 하나를 사이에 둔 이웃동네였기 때문에 걸어서 왔다. 홀시어머니의 시집살이가 힘들어서 왔다는 것이다. 그 당시 언니의 결혼은 신랑의 얼굴도 모른 채 양가 아버지의 약속으로 이루어진 상태였다. 혼인날을 받아놓고 신랑 아버지의 갑작스런 죽음으로 결국 언니는 홀시어머니 모시고 시집살이를 했다. 그래서인지

혹독한 시어머니 시집을 언니가 감당하기 힘이 들어 친정으로 왔는데 대문 안에 들어오지도 못한 채 서 있는 언니에게 호통치는 아버지를 보았다.

"살아도 그 집에서 살고 죽어서 그 집 귀신이 되어야 한다."

바로 돌려보내는 그 광경을 보고 어린 나이에 이해는 못했지만 야단치는 아버지가 무서웠다. 위로 받으려고 왔던 언니는 야단만 맞고 혼자서 밤길을 걸어 시댁으로 가야 했던 그 마음이 시집살이보다 더 아프지 않았을까 싶다. '고추가 맵다 한들 홀 시어머니 모시는 것보다 더 매울까' 라는 말이 있다. 아버지의 한마디에 대꾸도 없이 눈물을 흘리며 돌아서는 언니의 모습은 오래 전의 일이지만 너무나 생생하게 떠오른다.

그 이후 지금까지 언니는 힘들게 살아왔다. 그나마 형부가 위안이 되긴 했지만 아들이 엄마를 이겨낼 힘은 없었다고 한다. 오빠들과 나는 방학이 되면 언니 집에 놀러가고 싶은데 언니가 못 오게 했다. 시어머니가 친정 식구들 오고 가는 것을 싫어했기 때문이다. 또 할머니가 무섭고 싫어서 조카들도 외가에 가질 않았다. 어린 조카가 던진 한마디.

"엄마 우리는 언제 외할머니한테 가?"

그 아이가 결혼을 하고 엄마가 되어 있다.

바깥출입을 거의 안 하고 살았던 언니는 극장도 종합병원도 모르는 삶을 살았다. 한 평생을 숨 죽여 살아온 언니였으나 오래 전 시어머니 보내고 슬하에 삼남매 출가시키고 얼마 전에는 형부마저 돌아가셨다. 혼자서 힘들고 외롭지 않을까 걱정했는데 오히려 언니의 표정은 평안해 보인다. 물어보진 않았지만 내가 볼 때는 그랬다. 어느 날 언니가 말했다.

"동네 친구들이 여행을 가자는데 가도 될까?"

"그럼! 되고 말고!" 내 마음이 찡했다. 언니가 이제는 오랜 시간 땅속에서 인내했을 민들레처럼 세상 밖으로 나올 수 있기를 응원했다.

바보상자

바보상자에도 등급이 있다. 화면이 크고 화질이 좋은 것과 크기도 작은 것이 화면조차 선명하지 못한 제품. 최첨단 시대에 살고 있는 지금 가전제품 하면 상상을 초월한 제품들이 많이 나온다. 경제적인 부분을 떠나서 사치성도 배제 할 수 없는 게 바보상자다. 어떤 분이 그것에 대해서 이야기할 때 무슨 말인지도 모르고 멍청하게 눈만 껌뻑거리고 있었다. 묻자니 창피당할 것 같고. 이야기가 끝날 무렵 그 뜻을 알게 되었다. 바로 안방과 거실에 주인인 양 가장 중심부에 자리 잡고 있는 텔레비전이라는 것을.

한 가정에 기본적으로 한 대 이상을 가지고 있다. 많은 사람들이 즐겨보며 그것에 의존해서 시간을 보낸다. 그것으로 인해 좋은 정보를 얻어서 멋있게 활용하는 사람도 있다. 방 안에 앉아서 세상 돌아가는 모든 상황을 판단하고 날씨마저도 뉴스에 의존하는 지금의 현실이다. 나 역시 몰입할 때가 있다. 하루 종일 그것을 끌어안고 뒹굴다 보면 눈은 침침하고 머리는 멍하고 스트레스를 푸는 것이 아니라 도리어 짜증이 날 때가 많지만 무엇이 그렇게 좋은지 날마다 작심삼일의 계획을 세운다. 시간 있을 때 책 읽기를 권하는 남편과 아이들 앞에서는 조심한다. 그것도 잠시뿐 이야기를 건성으로 흘려 듣고 리모컨을 손에서 놓지 않던 어느 날 제대로 책을 읽어야 하는 기회가 왔다.

쉽지 않은 일이었지만 지인으로부터 얼마간의 교육을 들어 달라는 제안에 조심스럽게 승낙하고 매일 교육장으로 출근했다. 하루 이틀 가면 갈수록 요구사항이 많아서 손에서 책을 떼려야 뗄 수가 없는 상황이 되어 그때부터 책을 읽기 시작한 게 삼년이라는 기간이 지났다. 남편이나 아이들도 처음엔 '에이~ 설마' 했지만 가족들과 함께 잠깐 보는 것 외에는 정말 TV 앞에 앉는 일이 없었다. 습관이 중요했다. 또 해보니 안 보게 되고 관심이 없어졌다. 덕분에 많은 책을 읽기도 하고 책상 앞에 앉는 습관도 생겼다. 한 번쯤 변화를 가져보는 것도 괜찮았다.

유년시절 동네에서 처음으로 우리 집에 텔레비전이 배달되었다. 지극히 부잣집 말고는 우리가 처음이라 생각된다. 그때

드라마 중에서 '여로'가 방영될 때였다. 저녁만 먹으면 툇마루에 내다놓고 마당에는 멍석과 큰 마루를 준비했다. 아이 어른할 것 없이 한마당 앉아서 시청했다. 우리 집 마당이 꽤 넓은 편이고 길가 집이라 들어와서 구경하기가 편리했다. 누구든지 부담 없이 들어오기만 하면 됐는데 문제는 끝나고 돌아간 뒤였다. 모두들 화장실에 가지 않고 아무 데서나 실례를 했기 때문에 냄새로 인해 불편했다.

우리가 경제적으로 잘 살았던 것도 아니고 둘째 형부가 군인 장교인 덕분에 부모님 보시라고 선물한 것이라 조금 부하게 보였을 뿐이다. 여름에는 밖에서 구경했는데 겨울이 되니까 어쩔 수 없이 방으로 들어갔다. 많은 사람들에게 미안했다. 연세 많으신 두 분 할아버지만 매일 저녁 집으로 오셨다. 지금은 고인이 되셨지만 방송이 끝나는 애국가가 나올 때까지 보고 가셨다.

지금은 어떤가? 한 집에 방마다 자리를 차지하고 있다. 또 손에까지 들고 다니며 시청하고 있다. 갈수록 빠져 들어가는 현실 앞에 나도 가끔은 동참하는 것 같아 짜증스럽기도 하다. 볼 때는 즐거워하고 끝나면 후회하고 그러면서도 빠져나올 수 없는 마약 같은 물건이다.

오래 전 일이지만 브라운관이 터짐으로 한 친구를 가슴에 묻은 아픈 추억이 있다. 대중교통 이용할 때도 손에는 신문이나 책을 들었던 모습은 보이지 않고 스마트폰이 유일한 친구가 되어 버린 슬픈 현실이다. 그 상자 안에서 정말 우리가 원하는 참된 것을 찾을 수 있을까. 자라나는 다음 세대를 위해서라도 한번쯤 고민을 했으면 한다.

열 달하고 열나흘

해마다 정월이 되면 생각나는 한 가정이 있다. 새댁시절 우리 집 아래채에 세입자로 들어온 여섯 살짜리 딸을 둔 젊은 부부다. 우리 집에 이사를 와서 둘째 아이를 가졌다. 그때 나도 첫 아이를 가졌기에 서로 친구처럼 지냈다. 출산 예정일이 나보다 한 달이 빠른 새댁과 서로 많이 먹으려고 욕심을 부려서 만삭 된 배는 남산만 했다.

어느 날 새댁에게 진통이 왔다. 서둘러 산부인과로 갔다. 아기는 무사히 낳았고 산모는 건강하다는 소식을 들었다. 며칠이 지나도 산모와 아기가 퇴원을 하지 않아 시어머니께서 병원으로 찾아갔다. 한참 후에 산모와 아기를 퇴원시켜 왔다. 아들을 낳아서 싱글벙글하며 올 줄 알았는데 표정들이 심상치가 않았다. 누가 보기라도 할까 봐 얼른 방으로 들어갔다. 어머님께 물었다. 아기에게 신체적 문제가 있어서 퇴원이 늦었다는 어머니의 이야기를 듣고 어떤 문제인지 궁금했다. 조심스럽게 물었더니 언청이라 한다. 심장이 멎는 기분이었지만 새댁을 찾아가서 아기의 얼굴을 보았다. 눈과 코, 얼굴 모습은 잘 생긴 사내아이인데 입을 보는 순간 말문이 막혔다. 보통 언청이는 입술만 찢어진 상태인데 이 아기는 입술은 물론 잇몸까지 벌어진 기형이다. 태어나서 엄마의 젖을 한 모금도 빨아보지 못한 채 누워 있다고 한다.

배가 고파도 먹지 못하는 아기를 보면서 산모는 눈물만 흘리고 있었다. 의사가

"언청이는 국가에서 무료로 봉합 수술을 해 주니까 걱정 말고 잘 키우세요."

했다는데 부모 된 입장에서는 억장이 무너진다고 했다. 바로 옆방이라 아기의 우는 소리에 나 또한 잠을 이루지 못했지만 괜히 보았다는 걱정도 했다. 아기가 젖을 먹지 못하니 산모의 젖가슴은 아파서 견딜 수가 없고 나중에 들은 이야기지만 두 부부는 아이를 장애자로 키울 용기가 없어서 아무것도 안 먹이고 방치했다고 한다.

생명의 끝은 어디인지 배고파 우는 아기의 울음소리를 들으면서 나도 괴로웠다. 다음 달 태어날 뱃속의 아기가 걱정이 되

기도 했다. 밤마다 울어대는 아기의 목소리는 쉰 소리를 내면서 서서히 꺼져 가는데 결국 세상에 태어난 지 십사일 만에 숨을 거두었다.

나는 궁금했다. 엄마의 뱃속에서 열 달은 행복했지만 태어나서 십사일은 물 한 모금 먹어보지 못하고 엄마의 젖가슴에 안겨보지 못하고 죽음을 기다리는 그 시간 무슨 생각을 했을까. 정말 죽어가고 있구나 하는 생각을 가졌을까. 정말 그러했냐고 물어보고 싶었다. 처음에는 우렁차던 소리가 서서히 꺼져갔다. 목에서는 물기 하나 없는 쉰 소리로 변하면서 한밤중에 모기가 앵앵거리며 날아다니는 소리와 같더니 어느 순간 조용해졌다.

아침이 되었을 때 이미 아기의 모습은 볼 수가 없었다. 이름도 없이 그렇게 가 버렸다. 그 이후 아기에 대해서 이야기하는 사람은 아무도 없었다. 요즘은 태명이라도 있지만 그 아기는 이름조차도 없을 뿐 아니라 출생 신고도 해 보지 못한 채 생을 마감한 셈이다.

가정에 장애아를 두고 있다는 게 부끄럽고 부모가 죄인처럼 숨겨서 키우던 시절이었기에 그런 결정을 했나 싶어 생각하니 가슴이 짠했다. 지금은 복지시설이 잘 되어 나라에서 많은 혜택을 주고 있어 떳떳하게 키우고 있지만 그 당시에는 힘든 상황이었다. 그 일이 있은 후 죄책감에 시달린 부부는 다른 곳으로 이사를 갔다. 먼 훗날 들려오는 소식은 두 사람이 서로 다른 집에서 각자의 삶을 산다고 했다.

백세를 바라보는 장수 시대에 가장 짧은 삶을 살다 간 아기가 자꾸만 생각이 난다. 지금까지 살아 있다면 어떤 모습으로 자랐을까. 그 부부는 왜 그렇게 힘들고 어려운 결정을 했을까. 여러 가지로 궁금해서 찾아봤지만 알 수가 없었다. 열 달하고 열나흘을 살다가 생을 마감한 아기의 명복을 빌어주고 싶다.

영정사진

모임이 있어 한정식 집으로 갔다. 집밥과 같은 음식이지만 내가 아닌 다른 사람이 차려주는 밥상을 받아먹는 것도 나쁘지 않다. 한 상에 둘러앉아 수저를 드는 순간 한 친구가 '잠깐만' 하고 소리 지른다. 들던 수저를 놓고 소리치는 친구를 바라본다. 나이도 제일 어린 사람이 휴대폰을 들고 잘 차려진 밥상을 마구 찍는다. 음식 영정사진을 찍는다는 것이다.

웬 영정사진을? 모두가 눈을 크게 뜬다. 사람이 죽으면 이름과 사진이 남지만 음식은 먹어 없어지기 때문에 처음 차려진 상을 영정사진이라 한다며 깔깔 웃는다. 들어보니 이해가 되는듯 하여 모두 한바탕 웃어넘겼다. 그러다 문득 목이 턱 막히고 말았다. 며칠 전 본 영정사진 한 장이 뇌리를 스쳤기 때문이다.

한동안 보이지 않던 지인의 소식을 듣는 순간 눈앞이 캄캄했다. 기침이 잦아서 병원으로 갔는데 폐렴이라 입원을 했다는 것이다. 주변 사람들은 거짓말 같은 현실이라며 안타까워했다. 나보다 세 살 위이긴 하지만 친구처럼 언제나 마음이 편했던 사람이다. 자신보다 남을 먼저 생각하는 헌신적인 성품을 가지고 있었다.

그녀의 직업은 약사다. 한의학까지 공부를 마친 유능한 인재다. 약국을 운영하면서도 많은 사람들에게 필요 적절하게 약을 지어주며 형편이 어려운 가정에는 무료로 약을 주기도 했다.

입원했다는 소식에 한번 찾아가려고 했으나 상태가 위급해서 병원을 옮겨야 할 상황이라 며칠을 기다렸다. 결국 큰 병원에서 정밀검사를 받아보니 폐암 말기에 뇌에까지 전이가 되어 의식을 잃어가고 있다고 했다. 서둘러 병원으로 갔다. 의식 없이 호흡기에 의존해서 숨을 헐떡이고 있는 그녀의 모습을 보는 순간 머릿속이 텅 비는 것 같았다. 눈을 감고 너무나 다른 모습을 하고 있는 그녀에게 할 말이 없는 내 자신이 부끄럽기까지 했다. 조금 망설이다가 환자의 귀에다 대고 내 이름을 말하며 힘내라고 하니까 무의식 중에도 소리는 들리는지 눈꼬리에 이슬이 맺혔다. 그 광경을 보고 함께한 지인들도 눈시울을 적셨다. 뇌 사진을 찍기 위해 준비 중이라 오래 있지 못하고 병원을 나왔지만 돌아오는 내내 그 모습이 눈앞에서 떠나질 않았다.

다음 날 아침 한 통의 문자가 날아왔다. 아침 7시경에 운명했다는 것이다. 순간 슬픔은 잠깐이고 아직은 할 일이 많은데, 슬하에 남매가 있어 결혼도 시켜야 하며 아혼이 넘은 친정어머니도 계셔서 수발도 들어야 하고 아픈 사람 약도 지어 주어야 하는데, 머릿속에는 생각이 너무 많아 감당이 안 되는데 그녀는 무엇이 그렇게 바빠 그 많은 일들을 두고 눈을 감았단 말인가.

허둥지둥 상례식장으로 갔다. 빈소가 마련되어 있어 그 앞에 가까이 가는 순간 발걸음이 떨어지지 않았다. 갑자기 얼음이 되어버린 것이다. 하얀 국화꽃으로 아름답게 장식된 한 장의 사진은 어제 병원에서 본 모습이 아니었다. 환하게 웃는 평소의 모습으로 나를 반기며 "왔어?" 하며 속삭이는 것 같았다. 사진 속의 그녀는 어쩌면 그렇게도 행복해 보이는지 환한 미소로 문상객들의 마음을 어루만져 주고 있었다.

평생을 함께 살아온 남편이 죽은 아내를 향해 원망의 한마디를 한다. 남의 병을 고치기 위해서는 애써 약을 지어 주면서 자신의 몸은 돌보지 않았다고. 치료를 위해 노력해 볼 시간도 없이 병원에 입원하고 2주 만에 하늘나라 갔다고 원통해하는 남편을 보면서 또 한 번 마음이 아팠다.

내가 알고 있는 그녀는 정말 가정과 이웃에게 헌신적이었다. 남편은 대학 교수였는데 최근에 정년퇴직하고 아들은 의사로 이제 자리를 잡아가고 딸은 음악을 하는 예술가로 어느 것 하나 부족함이 없는데 이제 편하게 살만하니까 사랑하는 사람들의 곁을 떠난 것이다. 사진 속에서 환하게 웃고 있는 그녀는 지금 무슨 생각을 하고 있을까.

식사가 끝나자 약속이나 한 듯 음식 영정사진을 돌려 보았다. 영혼 없는 사진은 기록물에 불과했다. 언제 어디서 이런 음식을 먹었다는 기록이다. 조용히 자리에서 일어났다. 스마트폰에 저장된 그녀의 사진을 열어 보았다. 환한 미소가 아름다웠다. 저세상에서까지 우리의 마음을 어루만지는 사진이었다.

추억 만들기

남편의 여행을 준비하며 지난날을 기억해 본다. 몇 해 전 추석 연휴에 온 가족이 강원도로 여행을 갔다. 오랜만에 아홉 명의 식구가 집을 떠나 명절을 보냈다. 울산바위가 눈앞에 보이는 콘도에 숙소를 정하고 두 아들이 여행 일정을 준비했다. 주변사람들이 나에게 '딸이 없어 아쉽지 않냐'고 하지만 딸 같은 아들이 있어서 괜찮다. 강원도 일대를 돌아다니며 맛집도 들르고 전통시장도 구경하며 통일전망대까지 다녀왔다.

며칠 전부터 마음이 들뜬 남편을 본다. 고등학교 친구 네 명이 여행을 간다는 것이다. 고교시절 설악산으로 수학여행을 간 것이 그리워 다시 한번 가기로 약속하고 준비 중이다. 옆에서 바라보는 내 마음도 내가 가는 것처럼 기분이 들뜬다. 복장은 등산복이 아니라 새롭게 교복을 준비하고 학창시절을 마음껏 누려 보리라는 꿈으로 준비한다.

네 명의 남자들이 카톡으로 서로 연락하며 준비하는 모습들이 행복해 보인다. 60대가 넘은 중년들이 마음만 한창이라 즐거워하는 모습을 보면서 놀랐다. 날씨는 춥지만 마음이 따뜻해 보여서 다행이다. 준비해야 할 학생 교복이 어렵게 되자 단체 티셔츠를 구매해 입기로 한 모양이다.

1박 2일의 일정으로 출발하는 남편을 보내고 모처럼 혼자만의 주말을 맞았다. 목적지에 도착한 사람들은 행복한 모습을 사진으로 전송하기에 바쁘다. 사진 속의 표정이 행복해 보여서 다행이다. 삶의 현장과 가정이라는 울타리를 벗어나 자유롭게 자연을 바라보는 그들의 마음에 추억을 가득 담고 무사히 귀가하라고 답신한다.

추억은 아름다운 것이다. 내가 직접 여행 가는 것은 아니지만 준비하는 내내 행복한 마음으로 기대를 가지는 남편을 보면서 덩달아 나도 기억 저 멀리 숨어 있는 학창시절의 수학여행을 떠올려 본다. 강원도 설악산으로 수학여행 다녀온 지가 까마득하다. 쭉쭉 뻗은 나무와 흔들바위만 기억에 남아있다. 더 늦기 전에 추억을 만들고자 집을 떠난 남편의 빈자리에 나 혼자만의 주말도 나쁘지 않다.

구멍가게 아지매

마을버스를 타기 위해 바쁘게 뛰어
가 버스에 오른다. 오늘따라 유난히 승객이 많다. 급하게 교통
카드를 찍고 돌아서는데 앞쪽 창가에서 오른손을 들면서 크게
부르는 소리가 들린다.

"아이고, 새댁 아이가."

나는 누구를 부르는가 싶어 소리 나는 쪽으로 고개를 돌리는
순간 내 눈을 의심했다.

"어어, 아지매!"

주변에 많은 사람들이 있었지만 순간 창피한 것도 모르고 큰
소리로 부르며 다가갔다. 손을 잡으며 놀랍기도 하고 반갑기도
해서 인사하기에 바쁘다.

"이곳으로 이사 온 지도 강산이 변했건만 이렇게 버스에서 만나다니."

서로가 놀라움과 반가움에 버스 안은 우리 둘만의 공간이 된 듯 했다. 이산 가족 상봉이 이러하지 않았을까. 버스 한 정류장이 지나고서야 좀 진정이 된다.

그녀는 내가 결혼을 하고 낯선 사람으로서는 처음으로 알게 된 동네 구멍가게 아주머니이다. 5일마다 열리는 재래시장 한 모퉁이에 겉으로 보기에 너무나 초라한 구멍가게였다. 시댁과는 가까운 거리라 가끔 가게에 들르면 어린 나이에 시집와서 애쓴다며 엄마처럼 언니처럼 나를 많이 아껴주고 걱정해 주었다. 나 역시 속마음을 털어놓았던 편한 사람이다.

그 당시 아주머니는 많이 배운 사람이라 주거환경과는 상관없이 교양도 있고 품위도 남달랐다. 남편의 사업 실패로 보잘것없는 구멍가게를 운영하고 있었지만 요즘으로 말하면 백화점이었다. 그 가게에는 없는 것이 없었다. 한 공간 안에 벽 쪽으로는 만화책과 읽을 도서들이 진열되어 있고 힘들어하는 사람들이 있으면 많은 대화로 위로를 해 주고 힘과 용기를 주는 마음이 따뜻한 아주머니였다. 손님들이 찾는 물건은 그 어떤 것이라도 다 구할 수 있기 때문에 절대로 빈손으로 나오는 일이 없었다.

내가 첫 아이를 낳고 힘들었을 때 유일하게 나의 벗이 되어 주고 마음을 다독여 주며 삶의 지혜도 많이 가르쳐 준 고마운 분이다. 우리가 잠깐 다른 지역으로 이사를 가게 되면서 헤어졌다. 고향 삼아 한 번씩 들르곤 했는데 재래시장을 뜯어 버리고 새롭게 단장한다고 아주머니도 이사를 가고 없었다. 어디로 갔는지 알아봤지만 찾지 못하고 그렇게 흘러간 세월이 30여 년이 지났다. 이렇게 이웃동네 가까운 곳에 살고 있었는데도 한 번도 만난 적이 없었다. 마음 깊은 곳에 보고 싶었던 사람, 만나고 싶은 사람 중에 한 사람이다. 표현을 안 했을 뿐 버스를 타면 항상 시장을 거쳐 지나가기 때문에 그 자리를 돌아보고 잊지 않고 떠올려 보는 아주머니다.

가고자 하는 목적지가 다르므로 우리는 짧은 시간 안에 궁금한 것이 너무 많다. 어느덧 검은 머리가 흰머리로 반백이 되어 있고 여전히 인자한 얼굴이지만 세월의 흐름을 알려주는 곱게 팬 주름이 나의 마음을 찡하게 한다. 그렇게도 곱던 얼굴인데 가는 세월 이길 장사가 없다고 했던가. 누가 먼저랄 것도 없이 식구들의 안부를 묻는다. 나처럼 아들만 둘인데 다 가정을 이루고 잘 살고 있으며 남편은 몇 해 전에 병환으로 돌아가시고 지금은 혼자 지낸다며 살포시 눈을 감는다. 잠깐 숨을 돌린 후 나의 소식을 전한다. 두 아들 모두 결혼했고 손녀가 초등학생이라 하니 놀란다. 우리 첫째아들 돌 지나고 헤어졌는데 둘째까지 결혼했다 하니 놀랍기도 하고 장하다고도 한다.

함께 내려서 차도 한잔하면서 종일 수다를 떨고 싶지만 약속 없이 갑자기 만난 일이라 아쉬움을 뒤로하고 서로 건강하라는 말과 함께 다음에 꼭 한번 만나자는 여운을 남기고 먼저 내린다.

우리 삶은 누구를 만나고 누구와 함께하느냐에 따라 삶의 방향이 달라지기도 한다. 내 기억 속에는 항상 아주머니의 인자한 얼굴, 온화한 성품이 자리하고 있다. 백화점도 아닌데 만물상을 준비하고 모든 사람에게 다 편안함을 주는 그런 사람이다. 그분이 하신 말이 생각난다.

"우리 가게에 한번 들어와서 찾는 물건은 꼭 쥐어서 보낸다. 혹시 찾는 물건이 없어서 그냥 가면 다음번에는 그 손님이 안 오고 단골이 떨어진다. 맞제? 새댁아."

많은 세월이 흘렀지만 그분에게 있어 나는 영원한 새댁이다. 목적지까지 가면서 계속 아주머니의 모습을 떠올린다. 혼자서 웃기도 한다. 미소가 아름다운 한 사람으로 인해 내가 행복을 느끼며 내 삶을 되돌아본다. 나로 인해 이런 미소를 짓게 한다면 행복한 삶이 아닐까 하는 마음이다.

내 나이가 어때서

아로니아 농장에 가기로 한 날이
다. 보라색이 눈에 좋다 하여 너도나도 아로니아 구매하기에 바
쁜 시기이다. 지인을 통해 군위지역에서 무농약 친환경으로 재
배한 아로니아가 있다고 해서 택배비도 절약하고 시골 구경도
할 겸 함께 가자고 해서 아침 일찍 서둘렀다. 일기예보에도 없
던 장대비가 쏟아지는 게 예사롭지가 않다.

농장에 전화하니 이미 아로니아는 전날에 수확을 해 놓은 상
태라 그냥 오면 된다는 것이다. 비는 오지만 우리는 출발을 했
다. 한 시간 정도 가니까 목적지인 동네가 보인다. 시골이라 조
용하고 공기도 좋고 마을 분위기가 평온해 보이는 게 내 마음까
지도 편안했다. 도착하니 우리를 반겨주는 농장주인 내외분이

계시는데 할아버지와 허리가 굽으신 할머니가 어서 오라며 반겨 주신다. 처음 뵙는 분이라 인사를 하는데 눈은 어느새 밭을 살피기 시작한다. 아무리 둘러봐도 아로니아 나무는 보이지 않는데 무슨 과일이 있다고 하는지 약간의 실망을 하는데 함께 간 지인이 불렀다. 창고 겸 쉴 수 있는 곳으로 가니 박스마다 아로니아가 담겨져 있었다. 밭에는 과일 나무와 채소들이 주인의 손길을 기다리고 있는데 두 분이 농사하기에는 힘이 들 것 같았다. 두 분을 보니 친정 부모님이 생각났다.

내가 어릴 때는 친정이 사과밭을 크게 했다. 요즘은 신품종이라 하여 많은 종류의 사과가 월별로 나오는데 우리가 농사할 때는 몇 가지 안 되는 사과였지만 초여름부터 겨울 저장사과까지 하고 있어서 과일은 정말 많이 먹었다. 가을에 미처 수확 못한 사과는 까치가 먹을 수 있도록 그냥 나무에 달아 놓는다. 아버지는 겨울이 되면 다음 해에 사과가 많이 열릴 수 있도록 가지치기를 해 주었다. 일을 하다 보면 나무에 달려서 꽁꽁 얼음이 된 사과를 하나씩 따 주기도 했다. 얼었다가 녹은 사과의 맛은 지금도 잊을 수가 없다. 막내딸을 사랑하는 아버지의 마음이었다.

아로니아 농장을 둘러보며 잠시 지난날을 떠올려 보다가 일을 하기 시작했다. 우리가 주문한 아로니아와 다른 곳에 보낼 택배를 구분해서 정리를 하고 나니 포도와 복숭아까지 먹으라고 준다. 약속은 안 했지만 점심까지 준비하신다 하여 안채로 올라갔다. 집 앞 개울에서 잡아 끓인 고디탕과 부추전, 가지 무침 등 직접 재배한 재료로 맛있게 차려 놓았다.

식사 후 차를 마시면서 이런저런 이야기를 나누는데 갑자기 할아버지께서 내게 부탁이 있다 하신다. 뭐냐고 물었더니 노래 한 곡만 불러 달라는 것이다. 너무 뜻밖이라 못 한다고 손사래를 치는데 함께 간 지인이 어르신 부탁이니 한번 불러 드리라고 채근하여 빠져나갈 틈이 없었다. 어떤 노래를 불러야 하나 고민하는데 할아버지가 '내 나이가 어때서' 라는 노래가 듣고 싶다고 신청한다. 마침 그 노래는 지난 연말 어떤 행사에서 율동과 함께 연습한 노래여서 손뼉에 맞춰 어설프게나마 불러드렸다. 반주도 없이 노래 부르기는 처음이라 부끄럽기도 하고 민망했다. 노래가 끝나자 할아버지는 박수를 치면서 앵콜을 외쳤다. 다음에 많이 배워 오겠다 하고 끝냈다.

일이 끝나자 할아버지는 내 손을 잡으며 자녀들은 다 도시로 가 버리고 늙은이 둘이서 살고 있으니 외롭기도 하고 바쁜 농사 일을 끝내고 나면 너무 적적하다시며 사람만 보면 놀고 싶어서 그랬으니 이해해 달라며 말끝을 흐렸다. 노부부의 마음을 알기라도 하는지 밖에는 계속해서 비가 내리고 있었다.

할머니는 자녀들에게 챙겨 주시듯 이것저것 농산물을 담아 준다. 차에 가득 싣고 감사하는 마음으로 다음에는 노래 많이 배워 오겠다는 인사를 하고 출발 했다. 우리가 보이지 않을 때까지 손을 흔들며 바라보는 모습이 너무 쓸쓸해 보여 마음이 짠했다.

휴식시간

점심식사가 끝나면 어른들이 계시는 방으로 올라간다. 한가한 시간이다.

전체 3층 건물에 내가 있는 곳은 1층 실버 요양원이다. 하루에 한 번은 인사도하고 쉬기도 하며 프로그램에 동참도 한다.

요양원이다 보니 칠십 대에서 백 세에 가까운 어르신들이 계신다. 그 중에 연세가 제일 많으신 분이 가슴을 움켜쥐고 힘들어하시길래 왜 그러시느냐고 하니 속이 더부룩하고 가슴이 답답한 게 체한 거 같다고 한다. 간병하는 선생님도 옆에 계시건만 내가 등을 두드리고 바늘로 손가락과 발가락을 찔렀다. 새까만 피가 나온다. 특별히 먹은 것도 없는데 왜 그런지 모르겠다고 하며 고마워하신다.

나는 의사도 아니고 침술을 공부한 것도 아니다. 속이 답답하고 배가 아프면 바늘로 손가락을 찔러 피를 빼내고 나면 시원하니 그렇게 할 뿐이다. 옆에서 보고 있던 한 사람이 우스갯소리로 '면허증은 있냐'고 한다. 침술 면허증도 자격증도 없지만 효과는 좋다고 웃어넘긴다.

내가 어렸을 때 여러 번 죽을 고비를 넘겼다. 그럴 때마다 바늘 하나로 나를 살린 사람이 있다. 지금은 고인이 되셨지만 엄마의 절친이신 한동네 아주머니 택호가 백동댁이다. 지금 생각하면 나의 생명의 은인이다.

백동댁 아주머니는 젊은 시절부터 바늘을 몸에 지니고 다녔다. 어느 날 기차를 타고 가는데 옆 칸에서 아이가 죽었다고 난리가 나서 가보니 어린 아기가 숨을 쉬지 않았다. 백동댁이 얼른 품에서 바늘을 꺼내 아기의 인중을 찔러 살려냈다. 동네에서도 놀란 사람, 체기가 있는 사람이면 남녀노소 할 것 없이 백동댁을 찾았다. 그 중 한 사람이 나이기도 하다.

유난히 경기景氣를 잘 하던 나는 툭하면 백동댁 아주머니를 찾곤 했다. 이웃집에 살기에 아주머니가 평소에 늘 했던 말이 있다.

"죽을 고비 몇 번이나 넘겨 살려 놨는데 시집가면 물이나 한잔 얻어먹을 수 있을라나."

결혼을 하고 오랜 시간이 흘렀음에도 정작 한 번도 찾아뵙지 못했다. 장날이 되면 우리 집 앞을 지나다니기도 했건만 물 한 잔 대접을 못 했으니 배은망덕한 사람이다. 몸이 편찮으시다는 소식은 들었지만 무엇이 그렇게 바빴는지 한번 찾아뵙지도 못 했는데 세상을 떠나셨다. 나를 살려준 생명의 은인인데 사람의 도리를 다하지 못해 지금까지도 죄송한 마음이 있다. 어떻게 하는 것이 사람의 도리를 다하는 것인지 그저 답답할 뿐 할 수 있는 게 아무것도 없어서 서운하다. 지금 살아계신다 해도 변명처럼 그 길을 피해가지 않았겠나 싶다.

오늘 요양원에서 체한 거 같다고 나에게 손을 내민 어르신을 보면서 많은 생각을 한다. 얼마나 답답했으면 나 같은 사람에게 바늘로 한번 찔러 달라고 했을까. 어르신은 입가에 미소를 머금고 속이 편안하다고 하면서 작은 음료 하나를 내민다. 괜찮다고 손사래를 치는 내게 받아야 약 효과가 있다고 하며 굳이 손에 쥐어 준다. 이렇게 손가락만 찔러도 약 효과를 내세우며 음료를 주는데 나를 살려준 은인에게 물 한잔 보답도 못한 채 지금까지 살아왔으니 생각할수록 죄송하다. 짧은 휴식 시간을 마치고 다시 일터로 돌아간다.

노르웨이의 국기國旗

북유럽 5국 중 마지막 코스인 노르웨이로 향한다. 전용버스로 이동하는데 날씨가 어찌나 맑고 청명하던지 정말 동화 같은 하늘풍경, 곧게 뻗은 나무들과 초원의 소떼들, 일부러 다듬어 놓은 듯한 보리밭과 호밀밭, 하얗게 핀 감자꽃이 우리를 반겨주듯 웃고 있다. 노르웨이는 땅의 면적에 비해 인구는 많지 않다고 한다. 그래서인지 우리나라와는 다르게 여유가 있어 보인다. 집들도 작지만 2층으로 지어 너무 예쁘다.

마을이라 해도 몇 가구 되지는 않지만 오손도손 모여 있고 창문 난간에는 크고 작은 화분들이 약속이나 한 듯 놓여 있다. 꽃들을 보면서 사람들의 여유로움과 평안함을 느낄 수 있을 때

한 동네가 눈에 띈다. 드문드문 게양대에서 국기가 펄럭이는 집이 있어서 가이드에게 물어보았다. 본인의 생일이거나 자녀가 결혼이나 출산으로 인해 집안에 경사스러운 일이 있을 때 많은 사람들에게 알리기 위해 국기를 단다고 한다.

신기한 일이다. 우리나라는 정해진 국경일, 현충일 이렇게만 계양하지 않던가. 그 외에 가게를 오픈하는 집들을 보면 문 앞에 수많은 만국기가 펄럭이는 것이 전부다. 요즘은 아이를 낳게 되면 전문병원으로 간다. 하지만 옛날에는 집에서 출산을 했다. 그나마 아기를 받아주는 사람이 오기도 했다. 사내아이를 낳으면 대문에 새끼줄을 걸고 고추랑 까만 숯을 걸고 여자아이가 태어나면 고추는 없고 그냥 숯만 걸어서 출산의 기쁨을 알렸다. 새끼줄을 걸어둔 이유 중의 하나는 출산의 경사스러운 일을 알리기도 하지만 산모와 아기의 건강을 위해 아기 낳고 한 주간이 지나기 전에는 외부사람 출입을 금하라는 풍습이라 한다. 똑같은 경사스러운 일인데 그 나라는 국기를 다는 게 신기했다.

우리나라와 다른 풍습은 또 있었다. 노르웨이는 결혼하면 남자들이 자녀를 양육한다고 한다. 여성들의 사회 참여를 선호하기 때문이다. 복지가 잘 되어 있어서 한 가정에 많은 자녀를 두고 있으며 오후 3시 반이 되면 남자들이 퇴근해서 저녁 준비하고 아이들을 챙긴다는 얘기를 들으며 동행한 남편들의 표정을 살핀다. 도로는 한산한데 속도는 내지 않고 끼어들거나 추월하는 차는 볼 수가 없다. 문화가 다르긴 하지만 차창 너머로 보이는 한 가정의 노부부 모습은 너무나 평온하고 여유로워 보였다. 잠시 우리의 미래도 생각해 보았다. 우리나라 사람들은 모두가 빨리빨리이다. 조금의 여유도 없이 앞만 보고 달려 마음의 여유조차 사라져 버린다.

잠시 후 우리가 탄 버스는 목적지인 오슬로에 도착했다. 가이드의 안내에 따라 시내투어를 하고 베르겐 시가지를 한눈에 볼 수 있는 산으로 올라갔다. 항구를 마주하고 벽을 쌓은 것처럼 보이는 목조 가옥이 늘어서 있는 브뤼겐에서 생선 외에 각종 과일과 꽃을 볼 수 있는 어시장을 구경했다. 우리나라처럼 재래시장이다. 눈으로만 맛을 느끼고 구드방겐이라는 곳에서 유람선으로 플램이라는 곳으로 갔다.

북유럽의 꽃이라 불리는 플램 산악 열차를 타고 최고의 찬사를 받는 자연을 감상했다. 빙하가 녹아 자연 폭포를 이루는 산의 풍경이 너무 아름다워 보는 이들이 입을 다물지 못했다. 이상기후 현상이 일어나 빙하가 모두 녹아내려서 예전보다 적은 양의 얼음이 있다는 아쉬움을 이야기했지만 산 정상의 눈얼음을 보면서 시원한 기운으로 힐링했다.

당시 대구의 날씨는 폭염으로 힘들다는 소식을 접했다. 노르웨이의 날씨는 시원하면서 따뜻해서 여행하기에는 정말 좋은 곳이었다. 7박 9일의 일정 가운데 피곤함을 모르고 많은 것을 보고 마음으로 담았지만 가정의 경사에 국기를 게양한 것이 가장 신기했다. 남편과 함께 우리도 생일에 국기를 달자고 농담까지 했다. 여유로운 나라 노르웨이는 대부분의 차가 캠핑카로 만들어져 있다. 지금이 백야라 밤이 3시간이고 그 외는 모두 낮이라 한다. 낮이 긴 여름과는 다르게 밤이 긴 겨울에는 많은 사람들이 어둠으로 인해 우울증이 생기고 비타민D 부족으로 통증을 호소한다고 한다.

잠시나마 그 나라의 환경에 취해 부러워했지만 그것도 잠시, 여유롭고 부자인 나라가 좋은 것만 아니라는 것을 알았다. 사계절이 뚜렷한 우리나라가 얼마나 살기 좋은 나라인지 재확인하는 좋은 기회가 되었다. 차로 이동하는 중 약간의 비가 내리더니 어느새 하늘에는 동화 같은 구름 사이로 일곱 빛깔 무지개가 우리를 보고 잘 가라 인사를 했다.

강춘화 수필집
『당신의 어깨』에 부쳐

박기옥 수필가

Ⅰ. 거리두기

수필을 흔히 '고백의 문학'이라고 한다. 그러나 거기에는 대상 혹은 작가 자신을 떼어 놓고 바라봄이 필수적이다. 글을 쓰게 됨으로 얻어지는 수확이기도 하다. 강춘화의 수필에서는 표제로 나와 있는 〈당신의 어깨〉가 눈길을 끈다.

남편은 28톤 덤프트럭을 운전하는 자영업자다. 포항제철에서 철을 뽑아내고 남은 재료를 강원도에 있는 시멘트 공장에 가져다 주고 또 다른 지역으로 이동해서 철을 뽑을 수 있는 돌들을 싣고 제철 공장으로 운반하는 일이다.

큰 불평 없이 일을 하는 남편을 보면서 큰 차를 타고 전국으로 다니니까 재미는 있겠다고 생각해 온 작가는 한번쯤은 조수석에 태워 거리 풍경이라도 구경시켜 주지 않은 남편이 야속했다. 힘은 들겠지만 최소한 바깥세상에는 꽃도 피고 낙엽도 질게 아닌가.

어느날 우연히 남편의 차에 동승하면서 결혼과 동시에 시부모님 모시고 시누이 둘과 함께 살아온 자신의 어깨가 세상에서 가장 무겁다고 생각해 온 자신을 되돌아 본다. 날마다 자기보다 덩치 큰 차를 다루며 먼지와 낭떠러지를 오가며 가족을 지켜온 남편의 어깨가 얼마나 무거웠던지를 깨닫는 순간이다.

돌아오는 길에는 휴게소에 들러 저녁도 먹고 커피도 함께 마셨다. 일을 무사히 마치고 난 후련함일까 남편은 소년처럼

"늦은 밤 휴게소에서 혼자 먹는 밥이 정말 싫은데 오늘은 당신 덕분에 힘들지 않고 밥까지 먹으니 너무 좋다"

갑자기 내 눈에 눈물이 핑 돈다. 남편이 볼까 봐 얼른 고개를 돌리며

"그럼 내일부터 내가 당신 조수 하는 건 어때?"

고지식한 나의 남편 화들짝 놀라며

"안 돼, 위험해. 어머니는 어떻게 하고?"

그렇구나. 당신의 어깨에는 어머니까지 얹혀 있구나. 나는 말없

이 그의 어깨에 얼굴을 묻었다. 칠흑 같은 밤을 헤치고 덩치 큰 차로 전진하는 그의 모습이 산처럼 크고 높아 보였다.

- 〈당신의 어깨〉 중에서

〈왜 화가 날까〉를 보자.

퇴근해서 현관문을 여는 순간 음식 태운 냄새가 코를 찌른다. 아침에 가스불을 안 끄고 가서 국냄비가 새까맣게 타 버린 것이다. 작가는 시어머니를 원망한다. 콩나물이 숯덩이가 될 때까지 모르고 있었단 말인가. 연기와 냄새가 온 집안을 덮었을 텐데 뭐 하고 있었단 말인가.

그러면서 한 편으로 생각한다. 방귀 뀐 놈이 성낸다고 가스 불을 끄지 않은 것은 전적으로 내 잘못인데 나는 왜 어머니가 원망스럽고 화가 나는 것일까. 어머니가 안 계셨다면 화재로 번졌을 수도 있는 일인데 나는 왜 어머니한테 화가 나는 것일까.

Ⅱ. 다가가기

작가는 스스로를 촌사람이라고 부른다. 남존여비 사상이 농후한 시골에서 태어나 부당하고 비합리적인 대우를 받으며 자랐다. 아들은 시내로 유학을 가고 막내딸인 작가는 집에서 심부름이나 하고 농사일까지 거들며 소를 몰고 시장까지 가야 했다고 밝히고 있다. 그러면서도 작품 전 편에는 밝고 긍정적인 기운이 감돌아 독자의 마음을 편하게 해 준다, 〈우시장 풍경〉을 보자.

내가 소몰이를 하는 데는 이유가 있다. 어린 여자아이가 몰고 가면 소가 순해서 매매가 빨리 이루어진다는 것이다. 장똘뱅이가 된 나는 앞에서 소를 몰고 아버지는 뒤에 천천히 따라 오신다.

우牛시장에 들어서면 새벽부터 많은 사람들이 소를 사고팔려고 정신없이 왔다 갔다 한다. 마침 내가 몰고 간 소가 쉽게 팔려서 아버지의 기분은 최고다. 우리는 장터 국밥을 사 먹고 집으로 온다. 농촌 생활이란 게 그렇다. 보리밥 먹던 시절이라 흰 쌀밥에 쇠고기 국이 얼마나 맛이 있던지 지금도 생각하면 입 안에 침이 고인다. 십리 길을 되돌아와야 하지만 발걸음은 가볍다. 집으로 오다 보면 몇 군데의 구멍가게가 있다. 그곳에는 아버지가 좋아하시는 막걸리와 내가 좋아하는 어묵과 왕 눈깔사탕도 있다. 소를 팔았기 때문에 그 날만큼은 나에겐 부족함이 없도록 다 가질 수 있는 날이다.

- 〈우시장 풍경〉 중에서

이번에는 〈엘리베이터 추억〉을 보자.

시골에서 태어나 시골에서 자라고 결혼해서도 주택에 산 작가가 어느 날 엘리베이터를 타게 되었다. 크로마하프 봉사활동을 위해 발도 보이지 않는 긴 치마의 연주복을 입고 한 손에는 악기를 다른 한 손에는 보면대와 악보를 든 상태였다. 3층에서 내려야 하는데 우물쭈물하다 못 내린데서 사건은 발생한다.

순식간에 일어난 일이라 나 혼자 엘리베이터에 갇혀 당황하고 있을 때 다른 층에서 문이 열렸다. 문 앞에는 낯선 사람이 서 있었다. 놀라고 당황해서 나도 모르게 다급한 소리로

"내가 어디서 왔어요?"라고 물었다.

참 어처구니없는 나의 질문에 문 앞에 서 있던 그 사람이 황당해하면서

"그, 글쎄요"

했던 그 사람의 표정이 아직도 생생하다.

- 〈엘리베이터 추억〉 중에서

Ⅲ. 나누기

눈치챘겠지만 강춘화 작가는 기독교인이다. 작품 전 편을 통해 기독교 정신인 나눔이 강조된다. 〈갈빗대 인생〉을 보자. 남편을 먼저 보낸 언니의 삶을 보면서 신이 잠든 남자의 몸에서 갈빗대를 취해 여자를 만든 사실을 언급한다.

남자의 옆구리에서 취한 갈빗대로 여자를 만든 것은 남자와 여자가 인격적으로 동등한 위치에 있음을 보여 주기 위한 신의 뜻이라고 한다. 이 원리를 가정 안에서의 부부에게 적용해 보면 아내가 남편에게 짓밟히지 않도록 다리뼈로 아내를 만들지 않고 반면에 아내가 남편을 지배하지 못하도록 머리뼈로 만들지 않았다는 것이다.

이처럼 남편과 아내의 신분이 동등함을 강조한 것은 그들에게 서로 다른 역할을 정해줌으로 아내가 남편의 갈빗대로 지음 받은 또 다른 이유를 설명해 준다. 무엇보다 남편과 아내는 서로가 떼려야 뗄 수 없는 존재로서 남편은 아내를 사랑해야 하며 그래서 아내가 남편의 보호를 필요로 한다는 의미에서 남편의 팔 밑의 갈빗대를 취했고 사랑을 받을 수 있도록 가슴 근처에서 취했다 한다.

똑같은 남자의 갈빗대로 만들어진 언니는 왜 그렇게 힘든 삶을 살았을까?

- 〈갈빗대 인생〉 중에서

〈고맙습니다〉는 교회 내에 새롭게 조직이 구성되면서 일어난 에피소드를 소재로 하고 있다. 모임은 모두 일곱 명인데 일흔이 넘은 여자 분들과 언어 장애를 갖고 있는 마흔이 넘은 미혼 청년이다.

작가는 어느날 청년으로부터 전화를 받는다. 언어장애가 있는 청년은 너무 늦게 전화해서 죄송하다며 힘들게 말을 이어간다.

몇 주간 볼 일이 있어 모임에 참석을 못해서 죄송하기도 하고 또 만나서 하고 싶은 이야기가 있다고도 한다.

작가는 갑자기 머리가 복잡해진다. 오랜 친분이 있는 것도 아니고 청년에 대해서 아는 것도 별로 없는데 전화로 얘기하면 될 것을 굳이 만나야 할 일이 무엇이란 말인가. 그러다 문득 생각나는 사람이 있다. 오랫동안 친 자매처럼 지내는 언니이자 작가의 멘토이다. 힘들 때나 답답할 때 언제든지 만나 주고 달려와 주는 언니이다. 얼굴만 봐도 속이 후련하고 편안한 사람을 떠올리며 자신의 옹졸한 마음을 들여다 본다.

돌아가는 청년의 뒷모습을 보면서 왠지 미안한 마음이 들었다. 하고 싶은 말을 다 못하고 간 건 아닐까. 또 다른 뭔가를 나에게 부탁하러 온 건 아닐까. 나는 아무런 해결책을 찾아 주지 못한 것 같은데. 그저 듣고만 있었는데 청년은 내게 말했다.

"저 같은 사람을 만나 주고 이야기 들어 주셔서 너무 고맙습니다."

허리를 굽혀 인사하고 다음에 또 만날 것을 약속했다.

-〈고맙습니다〉 중에서

나로 인해 조금은 마음이 후련했을까. 답답한 마음은 좀 풀렸을까. 여러 가지로 고민을 하게 하는 시간이었다.

하나 더 보자. 이번에는 〈주인 마음〉이다. 작가는 동네 대추밭에 일손을 거들어주러 간다. 함께 일하는 사람들 중에는 나이가 많은 할머니와 말이 통하지 않는 외국인 남녀, 인력시장을 통해 멀리서 온 아주머니들도 있다.

일을 마치고 품삯을 받아 집으로 오면서 문득 다른 사람의 품삯이 궁금해진다. 늦게 온 나도 이렇게 많은 돈을 받는데 아침 일찍 온 사람들은 얼마를 받을까? 나는 왜 남의 품삯이 궁금할까. 어쩌면 다른 사람들도 나의 임금에 대해 궁금하지 않을까? 작가는 인간의 욕심을 들여다 본 것이다.

성경에 나오는 포도밭 품꾼의 비유가 생각났다. 주인이 하루 한 데나리온씩 주기로 품꾼들과 약속하고 일꾼들을 포도밭으로 보냈다. 그런데 일이 끝나자 주인은 아침 일찍 온 자와 반나절 뒤에 온 자 그리고 일이 끝날 무렵에 온 자에게 똑같이 한 데나리온씩을 주었다. 먼저 온 자들이 주인을 원망하며 나중 온 자는 한 시간 밖에 일하지 않았는데 종일 일한 우리와 같이 주느냐고 불평을 했다. 주인이 대답하기를

"너는 나와 하루 한 데나리온을 약속하지 않았느냐, 나는 그 약속을 지켰다. 나머지는 내 뜻대로 한 것이다. 주인의 마음이다."

- 〈주인 마음〉 중에서

강춘화 수필가는 수필을 대함에 거리 둘줄도 알고, 다가갈 줄도 알고, 나눌 줄도 아는 작가이다. 필자에게 욕심이 있다면 이제부터는 사유의 스펙트럼을 넓히는 일이다. 문지방을 넘고 담을 넘어 산도 보고 바다도 보았으면 좋겠다. 정진하기 바란다.

당신의 어깨

발 행 ㅣ 2020년 11월 25일

지은이 ㅣ 강춘화
펴낸이 ㅣ 신중현
펴낸곳 ㅣ 도서출판 학이사
　　　　　출판등록 : 제25100-2005-28호
　　　　　주소 : 대구광역시 달서구 문화회관11안길 22-1(장동)
　　　　　전화 : (053) 554~3431, 3432
　　　　　팩스 : (053) 554~3433
　　　　　홈페이지 : http : // www.학이사.kr
　　　　　이메일 : hes3431@naver.com

ISBN _ 979-11-5854-272-6   03810

이 도서의 국립중앙도서관 출판예정도서목록(CIP)은 서지정보유통지원시
스템 홈페이지와 국가자료공동목록시스템(http://www.nl.go.kr/kolisnet)에
서 이용하실 수 있습니다.(CIP제어번호: CIP2020049097)